# 杏林深耕40年

陳文龍 著

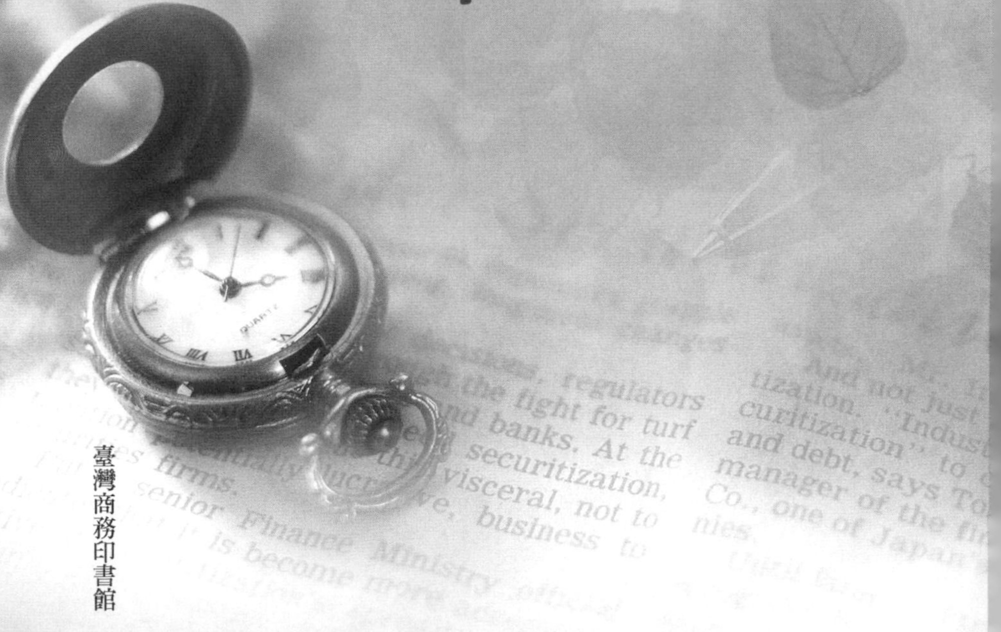


臺灣商務印書館

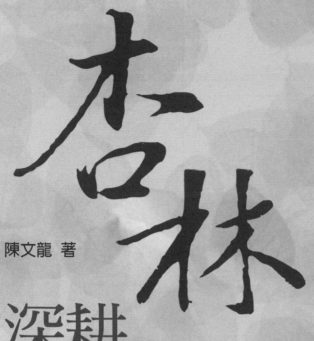

# 萬卷書籍，有益人生

## ——「新萬有文庫」彙編緣起

臺灣商務印書館從二〇〇六年一月起，增加「新萬有文庫」叢書，學哲總策劃，期望經由出版萬卷有益的書籍，來豐富閱讀的人生。

「新萬有文庫」包羅萬象，舉凡文學、國學、經典、歷史、地理、藝術、科技等社會學科與自然學科的研究、譯介，都是叢書蒐羅的對象。作者群也開放給各界學有專長的人士來參與，讓喜歡充實智識、願意享受閱讀樂趣的讀者，有盡量發揮的空間。

家父王雲五先生在上海主持商務印書館編譯所時，曾經規劃出版「萬有文庫」，列入「萬有文庫」出版的圖書數以萬計，至今仍有一些圖書館蒐藏運用。「新萬有文庫」也將秉承「萬有文庫」的精神，將各類好書編入「新萬有文庫」，讓讀者開卷有益，讀來有收穫。

「新萬有文庫」出版以來，已經獲得作者、讀者的支持，我們決定更加努力，讓傳統與現代並翼而翔，讓讀者、作者、與商務印書館共臻圓滿成功。

臺灣商務印書館前董事長　王學哲

# 序一：寧願燒盡，不願蝕光

鄭頻（琹涵）

陳文龍醫師，一生奉獻於第一線的醫療工作，在診治的過程和病人的互動，杏林冷暖，醫療今昔，都有不少的著墨。一般來說，醫師都太忙了，不太有時間執筆為文，而醫學屬於科學，舞文弄墨也非醫師專長，所以，在市面上，我們可以讀到一些醫療保健的書，卻非常難得看到醫師的現身說法。相形之下，這本《杏林深耕四十年》的書就顯得彌足珍貴了。

陳醫師來自貧困的臺南漁村，父母節衣縮食的供給他讀書，他也不負眾望的從臺大醫科畢業，在大醫院歷練後，自行開設婦產科醫院。識字雖然不多的父母，在他的成長過程裡，卻為他提供了良好的身教和庭訓。如：做人

要實實在在；如：不偷不搶，憑本事賺錢，是光榮的；如：不是自己的錢財，一介也不取；如：在有能力時，要回饋鄉里，盡量幫助別人。……

陳醫師在讀醫學院時，就曾經替教育廳寫過不少關於健康教育的書，後來又把學生時代和住院醫師時期所發表的文章結集出版，這些文字上的訓練，也使得他對寫書並不陌生，《杏林深耕四十年》因此成為他一生行醫的履痕和這一路行來內心真情的告白。

年輕的醫師或對醫學有興趣的青年，需要看看過來人的心路歷程，相信會從其中得到許多的啟發。

一般讀者透過這本書，當可明白一個好醫師養成的不易，醫師工作的艱鉅，唯有醫術醫德的兼備，方才令人景仰。

我喜歡封面上的那句話：「行醫時要敬神愛人，不但要醫治病患的疾病，拯救患者的生命，還要尊重患者的隱私，使患者身心靈都得到平安。」相信這是陳醫師的座右銘，也造就了陳醫師的仁心仁術。

陳醫師早已點燃起生命的燭火，為國家、為社會發光發熱了。

二〇〇九年七月二十六日

# 序二：默默地耕耘

葉弘宣



NTUMC68 is a unique class. They graduated in 1968. Among those graduates, there are outstanding academic achievers, including the president of national university, deans of medical schools, members of Academia Sinica, and professors of renowned universities in both Taiwan and the US.

The "non-academic" professionals, or what we called the "practitioners", also have been a hardworking group, making contributions to society just as important as their academic counterparts. These professionals include this one, CWL（陳文龍）.

陳文龍 was born into a poor family in a fishing village called 安平 in Southern Taiwan. Both his father and brother were fishermen. They were "討海人". As "三天出海，二天曬網", their family income was limited and unstable. 陳文龍's mother had to find outside jobs in order to supplement the family income. Everyday she"幫二三十家人洗衣服" among many other works.

During his childhood, he tried to help his father do some fisherman's work. One day, he was on the fishing boat holding a 槺

桿 and tried to pull the boat toward a school of fishes so that his father could spread the net over them. He failed because he did not have enough strength and he missed the direction. He felt quite sad that he could not help,but then was approached by his father, who held his arm and said to him:“這麼軟弱的手，做不了粗活，好好用功讀書去了.”

陳文龍 studied hard in school, but continued to help his father with fishing. He was the only child in the family who continued his education beyond elementary school. In 1961, he was accepted into NTUMC（臺大醫學院）after undertaking the competitive college entrance examination. While in medical school, in addition to working hard in his academic studies, he also worked as a 家教 doing private tutoring in order to help pay for his tuition and living expenses.

He had a special charm. Everybody liked him in the school. He was polite and smiled all the time, and probably because of his mature and “old” looking as well as the way he talked, the classmates called him “阿公仔”. I called his dorm room “三代同堂”,as in addition to him being called “阿公仔”, there were his roommates called “囝仔”and “阿伯仔”. 陳文龍 was also a good writer and often wrote articles for the school bulletin, or even sent them to newspaper agencies for publishing. I praised his talent and once sent him a couplet“文心雕龍，終非池物”, which I

asked my father to write with 毛筆 on two separate pieces of paper. I placed them in a pair of glass frames. He later kept them in the living room of his 安平老家. I was certainly honored by this.

During his college years, he met with his sweet heart and they got married during his internship year. He kindly asked the college official to let him use the 會議室 for his wedding reception. Only his and her classmates and his 導師 were invited. It was the most simple,yet thoughtful and meaningful, wedding reception I had ever seen or attended. He called it "結婚同樂晚會". He just wanted to be blessed and share his happiness with those close to him. There were no fancy stuff, but plenty of blessings, warmth, and humor.

More importantly, ever since his medical college years, 陳文龍 contributed his energy and devotion in the field of public medical and health education. After graduation, he went into the training in pediatrics and then Obstetrics/Gynecology. He has published many books, mostly in the fields of children's and women's health. At his 6th year in medical school, he wrote "怎樣急救" and "開刀房裡的故事" for 教育廳 as 兒童健康教育讀物, and "克敵記（預防注射的故事）" during his internship year. During his OB/GYN training, he further published"孕婦護理學", "家庭醫學漫談" and "少女醫學" through 臺灣商務印書館;and later on "現代婦女醫學" and "女兒

經” through 迅雷出版社; and“揮別青澀，健康成長” through 遠流出版社. He has also been invited to speak on various medical and health issues.

陳文龍 has especially devoted his time and energy in providing healthy sex education and correct information to the young generation. “幸福九號” is his 青少年生育保健親善門診, which has benefited numerous youth.

One of the many contributions he has provided to the society is the great financial support he has given to his hometown 安平. He set up scholarships for the poor 漁家子弟. In his recent book,“杏林深耕四十年”, he stated: “寧願燒盡，不願蝕光. 蠟燭還沒燒盡,體力還沒用光. 雖然只是微光，只是薄力，為家庭，為社會，為國家,我願意繼續發光發熱向前走.”

陳文龍 is a humble, yet great individual who has for years been 默默地耕耘.

Yeh Tze

Posted by Yeh Tze at 10:39 PM 3 comments

Friday, March 13, 2009

Spring Thoughts

# 【葉弘宣　醫師】

出生：一九四二年　板橋埔墘

學歷：

板橋國小　　一九五五年畢
建國中學　　一九六一年畢
台大醫學院　一九六八年畢
台大醫院　內科住院醫（一九六九～一九七二）
美國紐約州水牛城　內科專業訓練（一九七二～一九七六）
美國內科學院會員

現職：加州州立醫院內科醫師（一九七八年迄今）

家庭：妻（政大），二女一男，二孫

業餘愛好：庭園盆景、古文詩詞、業餘寫作、同學聚會、各地旅遊

個人部落：www.yehtze.com

# 序三：都市叢林裡的史懷哲——陳文龍醫師

新北市醫師公會理事　謝坤川醫師

「愛如一炬之火，萬火引之，其火如故」

……我出身於貧苦漁家，努力成為一名專業醫師，父母常告訴我，行有餘力一定要幫助別人，回饋社會；因此我總以這樣的心情來完成所有的事，無論是醫療業務或是公益活動，我都樂此不疲。……（摘自二〇一〇年八月二日出版的《板橋芬芳錄——壹百個感人故事及地方人物誌》，墨刻出版社）

從捷運府中站一號出口，轉入東門街，不一會兒在右手邊即可看到「陳文龍婦產科」的招牌，略有歷史感的建築訴說著這位醫師的豐厚資歷，走入診所內，就看見帶著和藹可親笑容的陳文龍醫師，四十年如一日地服務著病

患，以婦幼衛生為終生職志。

陳文龍出生於一九四一年，一九六八年自臺大醫科畢業後，以「婦幼衛生」為終生志業的他，一九六九年先在臺大醫院小兒科當了一年住院醫師，一九七〇年至馬偕醫院接受婦產科的專業訓練，更於一九七三年至美國服務了一年，一九七四年回國後，一九七五年即於板橋創立了「陳文龍婦產科」，迄今已有三十五年的歷史了。

## 出生貧窮漁村，立志向學

陳文龍醫師，行醫四十四年，在板橋擔任第一線的基層婦產科的成長與全盛時代！他在一九四一年出生於臺南安平的貧窮漁村，父親和哥哥以捕魚維生，每當海上狂風暴雨時，常讓家人很擔心，而且沒魚可捕時就沒錢。所以他媽媽不希望他也去捕魚，要他好好讀書，而陳文龍也知道只有靠讀書才可翻身，才能改善家裡的環境，所以很認真在求學。

還好他從小的成績就很好，爸媽就算四處借錢也要給他讀書。苦讀的結果，高中考上臺南一中，大學考上臺大醫科，這在當時就像考上狀元一樣，整個漁村放鞭炮為他慶祝！

## 拮据的小醫生

陳文龍醫師在一九六七年醫科七年級時，和畢業自臺大護理系的太太黃素英結婚；畢業後當兵回來，先在臺大醫院新生兒科當住院醫師，那時薪水很低，住院醫師一個月才一千五百元，太太當護理督導月薪三千五百元，他的爸爸仍需捕魚維生。

為了維持家計，經由馬偕醫院的前輩李慶安醫師的介紹，到板橋蘇婦產科代診一年，這時一個月就跳到四萬元了！當時大家都流行去美國就不回臺灣了，陳醫師說：「可是我擁有一個月四萬元的高薪，我認為不需要出國，但其實又不甘心沒去美國看看外面的世界，於是請蘇醫師先從美國回來頂一年；一九七三年我就帶著妻兒到美國的婦產科醫院服務一年，觀摩先進國家的醫療；一九七四年回臺灣，繼續在蘇婦產科代診；一九七五年蘇醫師就把醫院賣給我了，正式成立『板橋陳文龍婦產科診所』。」

## 開婦產科診所，感恩回饋鄉里

開了自己的診所之後，剛好碰上一九八〇～二〇〇〇年婦產科的全盛時

期，陳文龍醫師說，每個月接生一百多個小孩，原本想開婦幼醫院的，沒想到光接生就做不完了。有了錢，他幫兄弟姊妹買房子，自己跟兄弟姊妹的小孩承諾，只要能讀書的，他都供應，如此照顧兄弟姊妹，是他爸媽最高興的事！

有了盈餘，抱持著回饋感恩的心，陳文龍醫師跟媽媽開始捐錢、捐書給他的臺南母校西門國小；因為他現在有能力了，就想幫助像他小時候一樣繳不起學費的學童，也以金錢資助比較窮的鄉親，所以後來陳文龍醫師的媽媽還被推選為模範母親呢！

## 全心投入基層婦產科醫療業務

由於自己是貧窮出身，所以陳文龍醫師會特別心疼一些窮病人；例如曾有一個難產的產婦被助產士從遠地帶來他的診所，拜託陳文龍醫師接手生產，但產婦沒錢，於是陳文龍醫師立刻免費幫她剖腹產，並且送她還很好的舊衣服。陳文龍醫師說，後來這一家三代都來給我接生跟看診，他們的小孩結婚生子也都會送禮、送紅蛋給我，表示當年的感謝，我也是非常開心！

陳文龍醫師說，產科開業醫的生活品質實在不好，壓力非常大！身為婦

產科醫師的太太也是很辛苦！還好陳太太有護理跟公衛的專業背景，對婦嬰衛生很內行，常幫嬰兒洗澡及協助產婦餵奶。

## 有子傳承衣缽

陳文龍醫師有三個小孩，兩男一女，現在都從事醫療相關職業，應該都是受其影響，大兒子陳子健現在在馬偕醫院當婦產科醫師，大媳婦是萬芳醫院婦產科的林怡慧醫師；二女兒臺大復健系，現在在美國夏威夷做醫院財務管理；小兒子原本是讀臺大森林系，後來自己決定重考，考上中國醫藥大學牙醫系，他說牙醫師有專業，但可以自己安排陪小孩跟太太的時間，不會像我這樣工作日夜顛倒，忙到他們小時候，只能在診所樓下看到我。

## 開始推廣婦幼預防醫學

陳醫師回憶說，診所的業務比較上軌道之後，周碧瑟教授邀請我去小學演講，推廣子宮頸抹片篩檢，讓小學生催他們的媽媽去做抹片，我和幾位護士跟著抹片車親自到板橋各鄉里做抹片，因為不用到醫院去所以接受度還滿高的。

陳文龍更在一九八〇年加入了板橋扶輪社，參加板橋各鄰里的義診，為婦女做子宮頸防癌抹片檢查，二十多年來沒有中斷過，他擔任了第三十一屆的社長，將扶輪社提倡服務社區的理念以實際行動展現，發揮到極致。

同時，陳文龍也接受學校邀約，深入大學、高中、國中、小學等各級院校，講授正確的健康教育觀念，面對面地為學生解答各類問題，他也參與板橋社區衛生促進委員會的活動，並擔任了第十及十一屆的主委，協助衛生教育，巡迴抹片檢查等活動。

## 診所轉型為「青少女衛生門診」「Teen's 幸福九號親善門診」的誕生

陳文龍不但在自身醫療專業上盡心盡力，連投身公益活動亦全心全意。他從一九九五年開始投入「青少年生育保健親善門診」，並在自己的診所內建立了一套完善的設備及流程。

陳文龍醫師說二〇〇〇年之後出生率一直降低，於是我的診所也開始面臨轉型。因為經常看到無知的青少女懷孕生產，不能調適，無法撫養小孩；剛

好國健局認為先進國家都要有青少女衛生門診，便經由推薦申請加入「幸福九號——青少女衛生門診的行列」，把診所改裝成比較溫馨且隱密的設計，開始輔導青少女有正確的兩性交往諮詢與避孕知識，以及協助青少女處理突發的事後避孕。

萬一懷孕了，我和診所的心理諮商師（我的二媳婦，臺安醫院的心理師蕭夙倩是臺大心理系畢業的專業心理臨床師，也隨著公婆一起投入親善門診），建立一套完整的流程，共同輔導小情侶，並請來母親或父親來共同面對問題。

## 勤於筆耕四十年！

其實從大學時期起，陳文龍已開始於報章雜誌發表文章，講述正確的健康知識及醫療概念，也撰寫了不勝枚數的健康叢書，如《孕婦護理學》、《少女醫學》、《家庭醫學漫談》、《女兒經》、《揮別青澀、健康成長》等，再到二〇〇九年的最新著作《杏林深耕四十年》，講述他行醫四十年來的心得與觀察。

## 難忘板橋味

臺南出生的陳文龍，已在板橋居住了三十多年，十分喜愛板橋文化氣息，而熱中公益社團的他，在板橋地區也有許多好朋友，在忙碌行醫之餘，陳文龍喜愛打太極拳、游泳、爬山等休閒活動；想打牙祭時，也會帶著全家人到文化路上的吉利餐廳用餐，這間招牌老字號可是他們家的聚餐首選呢！

## 行醫濟世四十年，杏林之光

陳文龍笑著說，已屆七十歲的他，已經能用較輕鬆的態度去面對事業，孩子們也都不用他操心，所以他有更多的心力投入公益性質的工作，他說：「做公益能讓我快樂，實現自我價值，也使生活更有意義！」滿頭白髮的他，卻仍舊精神奕奕、神采飛揚地，描繪著更多的公益夢想與遠景！

半個多世紀以來，臺灣婦產科醫界從成長期、全盛期，到如今面臨「招不到年輕醫師投入婦產科」的窘境！但這一路上有許多像陳醫師一樣始終如一，為臺灣貢獻了半世紀的婦產科醫師，值得我們尊敬！希望臺灣能夠有多一些向這些良醫看齊的婦產科後輩，來繼續守護臺灣婦女健康！

# 自序

一九六八年六月，我從臺大醫學院醫科畢業，七月到岡山空軍醫院服預備軍官役一年，服役期間，我是少尉內科醫官。

一九六九年七月，進入臺大醫院小兒科當一年住院醫師，接受小兒科及新生兒科的基礎訓練。因為將來要從事婦幼衛生的醫療工作，於是在一九七〇年，我從臺大小兒科轉入馬偕婦產科，接受婦產科的專業訓練。

一九七二年，我已經育有二男一女，為了維持家計，馬偕婦產科主任級醫師李慶安前輩，介紹我到板橋開業醫師代診，因此，離開馬偕醫院，投入基層醫療工作。所謂代診，就是開業醫師提供診所、設備、人員及開業基礎（病患），代診醫師只要負責診療工作，不必籌措資金，就可執行醫療工作，每月可分到診所總收入的一定比例。

一九七三年到美國巴法羅市希斯特斯醫院婦產科服務一年，觀摩先進國家婦產科的診療工作及研究方向。一九七四年回國，再回板橋代診二年。一

九七五年七月開始創業，建立板橋陳文龍婦產科診所。到了一九八四年，因每月接生數超過一百例，門診人數也增加很多，只好擴充設備，增加病房，增聘護理人員。

我把求學、謀生、創業的經過記錄下來，做為清寒學弟、學妹們的參考。當你面對基礎醫學研究或臨床工作，在教學醫院工作或開業做基層醫療，留在美國（外國）工作或回國而猶豫不決時，有個明鏡可做參考。因為你不只是要照顧自己的小家庭，你還要幫助一個貧窮的大家族。

一九六七年，應教育廳兒童讀物編輯委員會之邀，編寫《怎樣急救》及《外科三要事（開刀房裡的故事）》二本書，為小學高年級的健康教育課外讀物，那時我是臺大醫學院六年級的學生。

一九七一年，我在馬偕醫院婦產科當住院醫師時，編寫孕產婦健康教育的書《孕婦護理學》，在臺灣商務印書館出版。一九七二年，又在商務出版《家庭醫學漫談》，一九七三年，出版《少女醫學》。

一九六八年，《克敵記（預防注射的故事）》在《王子月刊》連載，一九七七年，由迅雷出版社出版單行本。一九七九年又在迅雷出版社出版《現代婦女醫學》，一九八九年出版《女兒經》。

二〇〇五年，國民健康局在全國設立四家青少年生育保健親善門診，陳文龍婦產科診所便是其中的一家。這四家「幸福九號（青少年生育保健親善門診）」負責推動兩性平權教育，指導性教育，希望全國青少年都能健康快樂安全的成長。再配合由教育部主導，二〇〇一年，遠流出版社出版陳文龍著作的《揮別青澀，健康成長》，便相得益彰，使性教育的推動，更加順利。

除了寫稿出書外，又製作二十幾個健康專題，到市公所、婦女會、扶輪社、各中學及大專院校演講，以推廣健康教育，使醫師成為人群裡的鹽及社會上的光。

一九八〇年，經由板橋扶輪社創社社長張天憐醫師的推薦，參加了板橋扶輪社。張醫師說，你在板橋行醫，要落地生根，一定要取之於社會、用之於社會，而參加扶輪社便是實現這個理念的具體行動。

學校教育是有限的，社會教育是無窮的，而扶輪社就是一所優秀的社會大學，是全功能的社區大學。

我是板橋扶輪社一九九七～一九九八年度的社長，花錢花時間，義無反顧的全力投入。當扶輪社社長，使人的視野寬闊了，韌性增加了。做人更通

達、更謙卑、更圓融，做事更細心、更徹底。

寧願燒盡，不願蝕光。蠟燭還沒燒盡，體力還沒用光。雖然只是微光，只是薄力，為家庭、為社會、為國家，我願意繼續發光發熱向前走。

# 目錄

## 二、生活小品　121

## 三、扶輪世界　223

## 四、附錄　261

◇杏林深耕四十年

# 一、杏林隨筆

# ◆杏林橘井的聯想

二〇〇七年回母校參加臺大醫學院第一一〇年創院紀念慶典，典禮完畢後，陳定信院長帶領校友參觀杏園揭幕儀式。杏園坐落在臺大醫學院二樓，院長室旁，寬敞舒適，為醫學院師生聯誼休憩的場所。由陳定信院長提出構想，向校友募款。學務長蕭裕源教授是藝術醫學家，負責構圖設計，設計典雅，氣氛溫馨。

杏園牆壁書寫著杏林和橘井的典故：

## 杏園

相傳三國時吳國人董奉隱居於廬山，免費為人治病，惟要求癒者植杏樹於其園中，病重者五株，輕者一株，數年後得杏樹十餘萬株，蔚然成林，後世遂以杏林美稱醫界。

臺大醫學院自一八九七年以來作育醫界英才無數，素以培育良醫，服務

社會，領導醫界，貢獻人類為職志，「杏園」乃喻臺大醫學院培育醫者之園地也。

## 橘井

橘井語出晉朝葛洪《神仙傳》卷九之〈蘇仙公篇〉。蘇仙公名耽，西漢桂陽人，以仁孝聞，自幼即有異稟。文帝時得道，仙去前告母曰：「明年天下疾疫，庭中井水，簷邊橘樹，可以代養，井水一升，橘葉一枚，可療一人。」遂昇雲漢而去。至期果疫，母如言療之，無不癒者，橘井乃喻藥到病除，救人濟世之善事也。

後來我又查成語大典，得杏林典故：

## 杏林

三國時代，吳國有一位醫生名叫董奉。他住在廬山，整天為人診病，卻不接受病人的報酬。他治好了重病患者，就讓其種植五棵杏樹；治好了輕病患者，就讓其種植一棵杏樹。

就這樣，幾年以後，杏樹已達十萬棵。當地人就把這片杏樹林叫做「董

仙杏林」。董奉讓山中的鳥獸都在杏林中嬉戲，樹下不生雜草，像是專門把草鋤盡了一樣。他還在林中修了一間草房，住在裡面，他告訴附近的人說：「誰若想買杏子，不必告訴我，只要端一盆米倒入我的米倉，便可以自己去收一盆杏子拿走。」有個人想占點便宜，便用半盆米去換整盆杏子，以為董奉不會發現。不料林中有一群守護的老虎，見到貪婪的人，便吼叫著追出來。那人驚惶逃命，一路上杏子掉出不少。到家一看，剩下的杏剛好和送去的糧食一樣多。

董奉每年把賣杏得來的糧食，用來救濟貧困的人和在外趕路缺少路費的人，一年能散發出去兩萬斛糧食，後來他成了神仙，飛入雲中去了。

《當代醫學月刊》自創刊以來，我是長期訂戶，可自修及做為病患衛教的範本，當代醫學大庫及醫學叢書，我也收集完整。這些書都是由橘井文化事業股份有限公司出版。因為編輯都是當代臺灣醫學界的精英，取名橘井一定有他們的原因，但我也沒有追根究底，直到參觀了臺大醫學院的杏園，才知道橘井乃喻藥到病除，救人濟世的善事也。《當代醫學月刊》的編輯群，果真學問大。

董奉和蘇仙公，都是中國歷代醫師供奉的良醫，是醫學界的典範，是全國醫師學習的榜樣。他們的共同點就是藥到病除，及免費施醫。請問全國的醫師朋友，我們做得到嗎？

我出生在安平漁家，父兄捕魚為業，家境清寒，家人生病看醫師時，常拿藥欠錢，爸媽心裡又難過又不好意思。等漁獲豐收，再到醫院還錢。因為醫師是熟人，才能給予通融。如果到臺南市區看病，沒付錢是絕對拿不到藥的。所以我到板橋開業，父親常訓誡我，要善待病患，經濟好的患者，可合理收費，貧窮的病患，要給予減免。沒錢付費的，也要一律給予診治施藥。

董奉和蘇仙公的理念，全民健康保險制度，給予徹底的實行。全國人民，無論貧富，都可享用最先進的醫療設備。這些昂貴的醫療儀器，以及繁雜的外科手術，在三十年前，我在當實習醫師及住院醫師時，富有的家庭才付得起，貧病只好坐以待斃。

診所開業，房租、護理人員、藥品、儀器、水電處處需要錢，免費施醫可行嗎？為了維持正常營運，只好合理收費。這種遺憾，因為全民健保而獲得解決。

各種慢性病患，如尿毒症、糖尿病、高血壓、冠心病等，因為全民健

保，得以在醫院診療長期規則服藥，而獲得有效的生命，維持正常家庭功能。長期服藥，對一般家庭，是極大的經濟負擔，所以民間才會有「久長病、不孝子」的說法，長期的醫藥負擔，是一般家庭所負荷不起的。

全民健保是良好的醫療制度，嘉惠全民，特別是貧病。但對醫師卻造成重大的傷害，不但喪失了許多醫療自主權，而且收入大幅縮水，生活壓力很大。要彌補這個缺憾，有待全國大智大慧者，集思廣益，共謀改善，使醫師和病患都能受益，使全國醫師都能共享「杏林春滿」的美譽。

# ◆歲月四十

## 二〇〇八年臺大景福校友返校聯誼會畢業四十週年校友代表致詞

本班一九六八年畢業，共八十六位（含僑生）。現在散佈世界各地，以臺灣、美國和加拿大居多。

無論在教學醫院或基層醫療（開業），無論做基礎研究或臨床服務，同學們都能盡心盡力貢獻所學，為母校、為社會、為國家發光發熱，現在我將代表性的同學，向各位師長、各位景福校友報告。

陳定信院士是我們班上，也是全體景福校友的光榮。他是中央研究院院士，臺大醫學院院長（二〇〇一～二〇〇七）。中央研究院臺大臨床研究中心主任，臺大基因體醫學研究中心主持人。

陳定信院士是臺大附設醫院肝炎研究中心創始主任，二〇〇四～二〇〇六年擔任世界肝臟學會理事長，二〇〇七年榮獲總統科學獎。

賴明詔校長也是我們班上及全體景福校友的光榮。他是中央研究院院士，也是現任成功大學校長。

賴校長是很有氣質的校長，曾任成大校園演奏小提琴。他說：「離開臺南四十幾年後，能返回家鄉服務是福氣，也是奉獻，願為栽培下一代的年輕人而努力。」

周松男教授從事婦產科醫學教育三十幾年，教育許多年輕優秀的婦產科醫師，遍佈全省，著作《婦產科學精要》榮獲臺大醫院二〇〇五年教材著作獎。

周教授曾任臺大婦產部主任、臺灣婦科醫學會創會理事長、臺灣婦產科身心醫學會創會理事長、臺灣婦科腫瘤醫學會理事長、臺灣更年期醫學會理事長。

周松男教授曾榮獲省立臺南一中第三屆傑出校友，「國際子宮頸疫苗臨床試驗」臺大醫院總主持人。

游正博和陳鈴津是我們班上的金童玉女，是班對、也是二位傑出的科學家。

游正博博士是傑出的科學家，是中央研究院幹細胞研究室及基因體研究中心的主持人。他奠定了中央研究院幹細胞研究工作的基礎，相信不久的將來，必會有耀眼的成績。

陳鈴津教授是芝加哥大學微生物及免疫學博士，加州聖地牙哥血液及腫瘤學教授。最近對乳癌預防針及乳癌免疫療法的研究，已初露曙光，她和游正博教授是臺灣進軍諾貝爾醫學獎最有希望的人選。

黃富源教授從事兒科醫學教育三十幾年，培育出許多優秀的兒科醫師，奠定了馬偕醫院小兒科在兒科醫學會的聲譽及基礎。編著《臨床兒科學》對兒科臨床醫學教育貢獻良多。

一九九六年五月～二〇〇七年六月擔任馬偕醫院副院長，二〇〇〇～二〇〇二年擔任行政院衛生署副署長，SARS侵臺期間，擔任SARS防治副總指揮，使臺灣安度SARS風暴。

林俊龍是慈濟大林醫院的院長，他是慈濟國際人醫會的推手，志工五千人，總部設在臺灣。一九九八年成立，已十週年了，慈濟國際人醫會在全球已做了超過一千場的義診，充分發揮了慈濟大愛的精神。

林院長也是位傑出的醫院管理及領導者，主持慈濟大林分院院長，榮獲二〇〇八年人力創新獎。

姚繁盛教授是世界麻醉醫學的名教授，美國康乃爾醫學中心紐約院區的麻醉科教授，也是我們臺大醫學院的客座教授。

一九八三年在費城立屏科出版社出版《麻醉學——病患問題導向及處置》，不久即傳遍世界麻醉學界，德文版、日文版及中文版相繼問世，實在是我們班上及母院的光榮。

姚繁盛教授所著《麻醉學》，不斷更新修訂再版，日文版、德文版都已到第三版了，二〇〇七年又有最新英文更新修訂版問世，大家拭目以待更精采更專業的《麻醉學》出版。

陳安泰醫師是臺北市神經精神科開業醫師，生活簡樸，把行醫所得，全用在鼓勵後進的獎學金。他在臺大醫學院及臺大校本部設置獎學金，數十年如一日，嘉惠許多臺大的優秀學生。

陳安泰醫師很有愛心，在臺北少年觀護所擔任觀護義工三十五年，研究青少年犯罪的動機及預防的方法，以期達到一個祥和的社會。

陳文龍醫師是板橋婦產科開業醫師，獻身基層健康教育三十餘年，他認為教學研究重要，診治疾病重要，健康教育也非常重要。預防勝於治療，而更經濟、更有效、更人性化。

他寫過許多健康教育的書，涵蓋各年齡層：《怎樣急救》、《外科三要事（開刀房裡的故事）》、《克敵記（預防注射的故事）》是兒童健康教育

的書；《少女醫學》、《揮別青澀、健康成長》給青少年、青少女；《現代婦女醫學》、《孕婦護理學》、《女兒經》給婦女朋友；《家庭醫學漫談》給家庭成員。

陳文龍醫師又製作二十幾個專題，到各學校、各社團、各婦女團體演講。

二〇〇五年十二月，配合國健局，在婦幼衛生協會的主導下，成立「青少年生育保健親善門診」，希望全國青少年、青少女都能健康快樂的成長。遇到人生的難題時，有個諮詢及協助解決的好地方。

# ◆杏林憶往

## 一、勤耕力讀

一九六一年進入臺大醫學院的醫科同學，大家都很用功讀書，其中最為人稱道的，首推黃富源兄。

富源是農家子弟，從小就養成儉樸勤勞的習慣，他不但書讀得好，各種運動也是一流的。他是我們班上的棒球和網球選手。每次比賽，都會全力衝刺，牛勁十足，所以班上的同學都叫他「牛仔」。

打網球一直是他的嗜好，四、五十年來，從不間斷，打球不但可鍛鍊身體，強健體魄，維持體力，而且可以和醫界同好維持良好的友誼。

## 二、整潔成癖

因為出身農家，家庭經濟不太寬裕，所以在求學階段，要擔任家教，以

減輕家庭負擔。

富源兄有潔癖，課本和筆記擺得整整齊齊，而且井然有序。因為他很會寫筆記，內容完整而充實，所以許多同學都利用他出去當家教的時候，借他的筆記來抄寫，等他家教回來以前，再放回原位。

他回到寢室，馬上發現有人挪動了他的筆記，而且沒放回原來的位置。盥洗用具、鞋襪衣物、棉被寢具，都摺得有稜有角，整齊清潔，和一般懶散成性的大學生完全不一樣。

## 三、好學不倦、終身學習

從醫學生時代到住院醫師時期，好學不倦，不但把教授的講義背得滾瓜爛熟，也勤讀教科書及專業期刊，就是升到主治醫師甚至馬偕醫院的小兒科主任，仍維持好學不倦的作風。遇到兒科的疑難雜症，就勤讀教科書及期刊，不放過任何小線索，如果還找不到答案，就轉診到臺大，找我們的兒科教授，看看老師們怎麼診治。或者請老師到馬偕來教學迴診，最常請教的老師有李慶雲教授及陳炯暉教授。一步步嚴謹細心地推敲出小病患的病因。

## 四、溫馨傑出的模範家庭

富源兄有溫馨傑出的家庭，使他無後顧之憂，而能對自己的專業及社會服務，全力以赴。

夫人賢淑聰慧，用心教養一對兒女，使女兒成為傑出的音樂家，兒子則克紹其裘，成為小兒感染科的專家。兒子把二代醫師父子情，寫成《身教》這本書，詳細的記載父子如何溝通、老醫師如何身教，一時洛陽紙貴，成為暢銷書。

富源嫂文學造詣很深，文筆流暢，出版《露西的部落格》，成為婦女朋友相夫教子的範本。

## 五、杏林赤子心

小病童病癒出院，父母親感謝醫師的細心照顧，送禮表示感謝，是合情合理的事。但醫師又不能收紅包，富源兄想出一個兩全的辦法，設立一個黃富源基金，把這些感謝的紅包，存入黃富源基金，再由馬偕醫院寄出感謝函與收據。

在沒健保的時代，遇到無法支付醫療費用的貧苦病童，便由黃富源基金會支付。使送紅包的家屬，內心充滿溫馨，貧苦病童也因此而受惠。

健保以後，貧苦病童雖然受到健保的保護，但有些醫療必須自費，就由黃富源基金支付。

古時候俠義之士劫富濟貧，被世人所稱讚。濟貧當然是俠義的行為，但劫富卻對富人不公道。不如大家都來學富源兄，用愛心及專業來診治病童，並且將收到的感謝禮金，來幫助貧病，常保赤子心，這才是真正現代化的俠義之士。

## 六、兒童醫療終身貢獻獎

瑞信兒童醫療基金會所舉辦的「臺灣兒童醫療貢獻獎」是臺灣兒科界的最高榮譽。二〇一一年四月九日，富源兄獲頒第四屆「兒童醫療終身貢獻獎」對他四十幾年來，對臺灣兒童醫療的奉獻，再次給予肯定和嘉勉。

他認為一位優秀的兒科醫師，診治病童時，應該要仔細的問診，從兒童、保姆、父母獲得充分的資訊，再仔細的觀察、細心的檢查，用眼、口、耳、手，必要時，可利用先進的醫療儀器及血液、生化檢查，大部分的問題

都可獲得解答。

遇到疑難雜症，自己力有不逮時，則要請教或轉診給其他的次專科，用團隊合作的方法，來為病童做最好的選擇，使病童獲得最好的照顧。

富源兄品行好、有操守、有公信力，終身貢獻兒科醫療，關心臺灣的前途，關心島上居民的安危，真正是臺灣社會的良心。

# ◆醫與病

一

從出生、成長、結婚、懷孕、分娩、避孕、停經……女性一生中各重要階段的醫療照顧，都託付在你的手上，許多不能和父母、丈夫談的事，她都和你談了，所以婦產科醫師不但要有專業知識，而且要有神父的品行和操守。

二

一位二十五歲的初產婦，從懷孕初期就按時來產前檢查。妊娠三十八週時，忽然覺得胎兒不動了，便趕快回門診檢查，胎音聽不到，用超音波掃瞄也看不到胎兒的心跳，所以醫師宣佈胎兒死亡了。

孕婦的丈夫怒吼道：「前天來檢查不是說一切正常嗎？」

醫師說：「前天確實很正常。」

孕婦夫婦又憤怒又傷心，醫師心裡很難過，有了很大的挫折感。

生命現象千變萬化，到了妊娠末期及分娩時，變數很多。即使在第一流的教學醫院，使用最尖端的儀器，也會發生不可預測的結果。

當您向病患說「一切正常，絕對沒問題」時，能不謹慎小心嗎？

## 三

救護車送來一位臉孔蒼白的婦女，腹部劇痛、有便意感、月經已經過期三週了，血壓幾乎量不到。

醫師馬上停止一切門診的工作，穿刺抽出十五西西不凝固的血，於是立刻準備緊急手術，打留置靜脈針、輸血、麻醉，打開腹腔找出子宮外孕的部位，止血、切除、縫合。不到一個小時，救回一條人命。醫師面帶微笑，心裡充滿了自信與快慰。

生命是最珍貴而真實的，只有醫師能迅速從死亡邊緣救回病患。

在工商社會裡，行醫的收入和商人、金融業、證券業、建築界及企業界比起來，真如九牛之一毛。學弟學妹們如果想行醫致富，不如及早改行，不

然會痛苦而沮喪。

對生命的熱愛與執著，是推動醫學的一雙無形的巨手吧！

## 四

將深奧的醫學理論及生殖生理，用貼切的民間口語表達出來，醫師和病患間有充分的溝通，衛教事半功倍，進而取得病患的配合，可使治療達到理想的效果。

用「經毒」來解釋「經前緊張症」（Premenstrual Tension），病患一聽就懂。

用「活威」來詮釋「胎盤留滯」（Retention Of Placenta），家屬就知道嚴重性。萬一醫師人工剝離不完全，必須切除子宮時，便能取得病患及家屬的諒解。

「活威」，民間相信有一種胎盤是活的，「威」是臺灣話——胎盤。「活威」就是活的胎盤。這種活的胎盤像蛭一樣，吸附在子宮裡，會動，如果跑到心臟，產婦就會死亡。

醫學的民俗化及口語化，剛學的時候會覺得江湖氣息太重，使用起來便

能體會到它的神奇妙用。

## 五

醫療糾紛也有仲介公司，臺灣社會真的生病了？

仲介公司的負責人多半是黑社會的老大，他們和地方記者及警員經常往來，一有醫療糾紛，便很快地找上病家，瞭解案情及病家的要求。

仲介公司很義氣的要替病家討回公道，並全數接受病家的要求。接案後，病家要完全接受仲介公司的安排，結案後也不收酬勞。

於是，一場災難來了，他們有整套的裝備，軟的、硬的都有，花樣之多、出招之奇，讓你應接不暇，疲於奔命。不接受他們的條件，只有崩潰、發瘋。

病家要五十，仲介公司索賠一百，轉手之間，賺取豐厚的利潤，卻不見醫師泣血的心。

處理醫療糾紛，要主動、積極、懇切。讓糾紛局限於患者、家屬及醫師。迅速而和平的解決，千萬別讓傳播媒體（記者）及仲介公司介入，不然就禍患無窮了。

# ◆紅包文化的省思

## 一、紅包是醫界的榮耀

紅包並非毒蛇猛獸，而是醫界的榮譽。

患者病癒出院，感謝醫護人員的細心照顧，送禮表示感謝，是合情合理的事。甚至患者不治死亡，家屬感謝醫護人員悉心的照顧，使病患減輕痛苦，平靜地離開，哀傷中帶著感激，送禮表示感謝，充滿人情味。

我的同學黃富源大夫，把這些感謝的紅包，納入黃富源基金，遇到無法支付醫療費用的貧苦病童，便由基金會支付。並由馬偕醫院寄出感謝函與收據，使送紅包的病患或家屬，內心充滿溫馨。醫師也可自比史懷哲，貧苦病患因而受惠，所以紅包是最直接的社會福利措施。

如果醫師沒自設基金，可比照賴其萬大夫的建議，由醫師將紅包交給社會服務部，由社會服務部寄出收據和謝函。（《景福醫訊》第十卷第十二

期，一九九四年六月出版）

所以紅包不但使有錢的病患，充分的向醫師表達謝意，而且直接嘉惠貧病，回饋社會。

醫師轉贈紅包，心裡充滿了平安與喜樂。所以說紅包是醫界的一環榮耀的光圈。

## 二、使用者付費

從臺北到高雄，可以坐飛機，也可以選擇火車或汽車，視各人的需要及經濟能力，自由選擇。坐飛機最快速舒服，但付費也最高。坐火車，特別是普通車，非常便宜，也一樣可到達高雄。目的地一樣可以到達，但因選擇的交通工具不同，所花的錢也不一樣。使用者付費，是每個人都可接受的觀念。

開盲腸（闌尾），外科第一年住院醫師就可勝任，有人卻要指定外科教授操刀。接生，是值班的住院醫師的職責，有人卻要求資深醫師，深更半夜，冒著風雨到醫院幫她接生。這種要求常規醫療以外的額外服務，一定要額外付費，才算公平合理。衛生署及臺大醫院，一定要把這個觀念及訊息轉達給大眾。

從臺北到陽明山，乘公車便可到達，有人要求快速，包計程車前往，事前議價並付費，或按里程計價，到達陽明山後給錢。給了錢，卻到警察局報案搶劫，這種乘客是不道德的。計程車司機最後當然沒罪，但在調查審理過程中，計程車司機已經深受傷害。

病患要求醫師額外服務，付了指定費、謝禮或紅包，等到分娩出院，或開刀病癒出院後，卻要到醫院當局或消基會申訴醫師索取紅包，這也是不公不義的不道德行為，應受社會譴責。

## 三、建立制度，維護尊嚴

使用者付費的觀念如果能深入民心，為社會大眾所接受。執臺灣醫界牛耳的臺大醫院，就要集思廣益，建立一套完整的指定制度，使醫師不必因收指定費而被調查局、檢警單位調查、拘留、羞辱。

醫院規定醫師到何種資歷就可當指定醫師，可被指定開刀、接生及設立特別門診。病患要使用這種額外服務，就要多付指定費用。

指定費的多少，由院方及醫師決定，由院方代收。因為指定費實在使用了醫院的設備及人員，所以醫院可收取一定比率的費用。

醫師的指定費收入越高，對醫院及員工的貢獻便越大。因為費用都由院方代收，醫師和病患間，便不會有私下收受金錢的事情，醫療行為及醫師的形象就會更好。

有所得就得繳稅，一切作業透明化，醫師的指定費收入越高，繳稅越多，對國家社會的貢獻就越大。

到了領薪水的時候，醫師便可昂首闊步，光明正大的到出納組領取。不必像現在躲躲藏藏，畏首畏尾地拿謝禮，而且隨時都有被調查局、檢警單位調查、羞辱的可能。

榮耀與羞辱，這中間的距離何其大！

特別是在全民健保實施後，指定醫師制度的建立，是件刻不容緩的事。

為了維護醫界的尊嚴，請醫界積極爭取指定醫師制度的建立，使它有法源基礎。

衛生署及臺大醫院，更應該聘請專家學者，周詳規畫指定醫師制度的實務，儘快建立一套完整而可行的指定醫師制度。

## 四、保障並愛護貧病

為了保障貧病的就醫權、醫療權及維護醫療品質，監視系統非常重要。健全的住院醫師制度，是監視系統能充分發揮功能的基石。

無論在急診室、門診或病房，住院醫師要處理初步的診療工作。遇有困難或自己處理不了的事，就要馬上請總醫師指導並協助解決。

有時候總醫師也解決不了，就得迅速會診更高層次的資深醫師或教授協助處理。

醫院的主治醫師或醫學院的教授群，既然支領了主治醫師或教授的薪水，就有義務儘快處理住院醫師的會診個案，如有延誤，不但良心不安，也應負法律責任。

住院醫師寫會診單時，應註明時間、地點、會診事項，最好親自送給會診醫師，請他簽字，以釐清醫療責任。

有了健全的住院醫師制度，貧病可得到住院醫師的診療照顧，並經由住院醫師的會診，而得到第一流的專家的診治，以確保就醫權及維護醫療品質。

住院醫師也因完整的訓練，而得到專業知識及技術，將來必成醫術精湛的良醫。

# ◆不惜歌者苦，但傷知音稀
## （二十多年來臺北大都會區婦產科開業醫師的盛衰）

### 一、繁華似錦、車水馬龍

一九七六年到一九九五年間，臺北大都會區的婦產科開業醫師，每個月的接生數大約五十到六十例，最多的月份（龍年），接生數高達一百多例，剖腹產平均五到八例，婦科手術如子宮肌瘤、卵巢瘤、子宮外孕等，平均三至五例，加上每天八十至一百二十左右的門診數，足夠讓一位醫師從早忙到晚。以「車如流水馬如龍」來形容病患求診的盛況，實在非常恰當。

有些醫師甚至忙得連上廁所的時間都沒有，所以形容自己「懸壺濟世」，要掛個尿壺在診察桌下，以便尿急時使用。

整天二十四小時都有護士輪班，所以醫院診所便成為不夜城，嬰兒室經常客滿，產婦出院後要託嬰都非常困難。病患來醫院看病時，小朋友都搶著

到嬰兒室玻璃窗外，爭看嬰兒室裡的小嬰兒。

因為只有一位醫師執業，掛的招牌是診所，實際上門診、接生、開刀樣樣都來，不但有開刀房、產房，而且病床數經常都超過十床，實在具備醫院的功能。

接生以自然分娩為主，有時雖然符合剖腹產的適應症，但在產婦及家屬的堅持下，慢慢地等，居然大都母子平安。臀位陰道分娩比例很高，即使是第一胎，所以剖腹產的比率都在百分之五以下，後來醫療糾紛慢慢增加，剖腹產的比率才逐漸提高。

早期偶爾還有家庭接生，門診中有時會衝進一位慌張的丈夫，急促的說太太快生了，來不及送醫院。醫師只得趕快帶位護士跟著去，提著急產包，裡頭有經過高壓消毒的產巾、紗布、剪刀、持針器、縫合線等接生器具，還有針藥包，護士幫醫師接生、縫合及嬰兒護理，等丈夫燒開熱水，護士再幫嬰兒洗澡。家庭接生比醫院接生更緊張。後來治安變壞，家庭接生便自然減少了。

剖腹產不但遵守教科書的適應症，因民風保守，產婦及家屬都不願開刀，所以常在非常緊急時才動手術。助手都是教學醫院的資深主治醫師，至

少也要第三年以上的住院醫師。麻醉從早期的主任級醫師到後來的資深麻醉護士，因此剖腹產大都非常順利平安。

需要輸血時，要趕快聯絡血牛（有價捐血者），當場抽血，馬上輸入。後來因怕產婦感染梅毒、B型肝炎及愛滋病，所以需要輸血時都從捐血中心請血。

婦產科是高危險行業，難免經常發生緊急狀況，開業醫師只得趕快聯絡醫學中心的師長或同事，將孕婦或新生兒送往醫院進行搶救。醫學中心的師長或同事，不但是孕產婦及新生兒的救命恩人，也是開業醫師的大恩人，無形中消弭了許多醫療糾紛。

## 二、門前冷落車馬稀

保險制度的變遷，對醫療生態產生巨大的影響。因為有勞保的孕婦，享有充分的自主權，可到勞保醫院分娩，享受免費的分娩服務，也可選擇非勞保醫院分娩，只要取得出生證明書，就可申請定額的給付，不足的部分，產婦要自行負擔。

一九九五年實施全民健康保險，花樣及限制就多得多。因為層面廣，涵

蓋全部孕產婦，不像勞保只涵蓋部分產婦，所以影響就非常深遠。要享有全民健保的福利，一定要在健保醫療院所分娩。在非健保醫療院所分娩的產婦，不能申請分娩給付。這一條款的限制，使得臺北大都會區的醫學中心、教會醫院、財團法人醫院等大型醫院，像海綿吸水一樣，將絕大部分的產婦吸往大型醫院。

沒有健保的診所，首當其衝，應聲而倒。有健保的診所，孕產婦也迅速的流失。因為健保對診所限制多，綁手綁腳，讓醫師無法發揮專業長才，對醫學中心幾乎沒有限制，孕產婦能一票吃到飽，那有不往醫學中心集中的道理。

根據《婦產科醫學會會訊》主編的整理，一九九七年，臺北市全部七十九家婦產科診所分娩總數為六千四百七十六例，占全市分娩總數的百分之十二點三。教學醫院的分娩數為四萬六千二百八十六例，占全市出生總數的百分之八十七點七。

一九九八年上半年（一月至六月），全市八十一家診所的分娩總數為二千四百三十五例，占全市出生總數的百分之十一點二，教學醫院的分娩總數為一萬九千三百四十八例，占全市出生總數的百分之八十八點八。婦產科診

所業務的急速萎縮，由此可見一斑。

分娩是診所主要醫療業務，是火車頭，是帶動火車的原動力。分娩數萎縮後，嬰兒門診數便跟著減少。健保實施五年後，使大多數的診所每個月的分娩數降到零或個位數，要維持護士三班制就很困難，只好結束分娩業務，取消大夜班。有的診所停業，大多數的診所繼續門診業務，收入僅夠維持員工的薪水及日常開支。有些護士工作十幾年，總不能停業使員工失業吧！所以繼續開業也等於一種社會福利工作，自己雖然沒有收入，至少還可維持員工的工作機會。

有位前輩醫師無奈地表示，像他這樣資深的婦產科醫師，又曾經當過教學醫院的主任，對患者的處置及處方，竟然被健保局刪來刪去。陰道灌洗不得超過門診數的三分之一，需不需要陰道灌洗，應由醫師的專業知識決定，怎能由健保局主導。專業知識的不被尊重，最使開業醫師痛心。

取消護士的大夜班後，假日進出醫院，都得自己開門、關門。晚上十點以後的電話，沒有護士代勞，也得自己接聽。對於大多數的資深開業醫師，恐怕要經過一段很長的時間才能調適過來呢！

臺北大都會區閒置一大群學有專精的資深婦產科醫師，實在是社會資源

的一大浪費。臺語有句話說：「作牛也要有田可犂」，意思是說作牛也要有田可犂，才能發揮牛的功能。

開業婦產科醫師並不怕苦，但孕產婦流失了，空有滿身的功夫，也無從發揮。將軍無兵可帶，老師沒學生可教，心裡的失落感，又能向誰訴說？

## 三、往者已矣、來者可追

年輕的婦產科醫師不必沮喪，兵來將擋、水來土掩，總有因應的方法。要認清時代的大潮流是無法抗拒的，全民健保既然是國家的政策及施政的方針，你就要適應它，才不會被洪流所淹沒。

感謝歷屆學會的理事長及全體理監事的努力，竭盡全力向健保局爭取會員的福利，使會員在順應潮流中，仍有生存的空間。

能在教學醫院繼續工作是第一優先，所以住院醫師階段，要認真學習，對師長及前輩的指示及指導確實執行，好好的作幾篇夠水準的論文，以作為升遷的憑證。如果沒有升主治醫師，就要拜託主任介紹到中大型區域醫院，朝八晚五，有固定的收入（約等於部定教授的薪資），沒有太大的壓力，生活穩定而規律。

當完總醫師，考過專科醫師，必須自謀生計時，可到人口二萬左右，沒婦產科診所的偏遠鄉鎮開業，不但能造福偏遠地區的婦女，也可保障自己的生活，並有不錯的盈餘。

最理想的出路，當然是和幾位好朋友，集資到中南部的縣市開業。開業的縣市，不能有大型的教學醫院、宗教醫院及財團醫院，那麼你們幾位朋友合建的中型婦產科醫院，便能一枝獨秀，不僅病患眾多，收入穩定，而且和朋友輪流值班，可確保良好的生活品質，在健保的惡劣環境下，仍可創出一片天。

# ◆假如我是外科主任

多位住院醫師在外兼差，被院方查獲。院方交代我查明真相，以便議處。

為了慎重及公平起見，我請一般外科楊教授及小兒外科謝教授共同參與溝通及討論。

會議室內兼差的住院醫師都到齊了。

總醫師C首先發言，他說：「我們在外兼差，都是在工作時間外，利用自己的時間。上班及值班時，我們都堅守自己的崗位，努力工作，對病患的診療盡心盡力。所以我們兼差，對醫院絕對不會有不良的影響。」

$R_3$（第三年住院醫師）J大夫說：「醫院和我們簽的契約書，並沒有規定工作時間外，住院醫師應該做什麼？或不應該做什麼。住院醫師應有權處理自己的時間，這是基本人權。」

楊教授按捺不住滿腔的怒火，說：「住院醫師是在學習階段，雖然已經

通過考試，領有醫師執照，其實還沒有獨立工作的能力。就是當完總醫師，也只是受完基礎訓練，是專科醫師的開始，要學習的事情可多得很呀。當然，當完總醫師後，已具備有獨立作業的能力，也可申請專科醫師的考試。但對於千變萬化的醫療工作，還是要虛心的向師長及前輩請教學習，才不會有失誤。」

溫文儒雅的謝教授笑著說：「大家靜一靜，才能心平氣和地討論。我先講個小故事給大家聽。」「我當住院醫師的時候，有一次忘年會，總醫師要我們新進的住院醫師的太太發表感言。王太太說，王大夫追求她時，健談風趣，每次約會，都穿得整整齊齊，談笑風生，有說不完的笑話。結婚後，當預備軍官那一年，回家時也是溫柔體貼，家庭生活溫馨中充滿樂趣。誰知道，回T醫院外科當住院醫師後，每天早出晚歸，二、三天值一次班。沒值班也很晚才回家，吃過飯洗完澡就呼呼大睡。有時家裏有事要和他討論，不得不搖醒他，他一邊說，又不知不覺的睡著了，很是沒趣。」

「在場的年輕太太們都不停地點頭，王太太說出了她們自己也想說的話。」

「我說這段往事，就是要告訴你們這些年輕醫師，當住院醫師是沒時間

也沒體力在外面兼差的，除非他沒全心全力投入。」

「你們想想看，早上八點朝會，討論昨天新住院個案及開刀房開刀所見，和病房有合併症的個案。接著要到開刀房當助手拉鉤，一個接一個，通常要到下午四、五點才能離開開刀房。回病房，診治病患，寫病歷，跟查房，查文獻，一大堆的工作總要到下午七、八點才能作完。」

「一天工作下來，疲累不堪，那有時間和體力兼差？」

$R_1$（第一年住院醫師）H大夫羞澀地說：「各位教授，我家窮，我又已婚，家鄉還有年邁的父母，所以要維持兩個家庭的生活費。除了上班、值班，我必須寫稿及當家教來補貼家用。但寫稿收入不穩定，當家教又很花時間，所以學長們才介紹我到附近這家綜合醫院兼差，看急診及值夜班，收入較高，而且可以磨練自己的醫術。遇有困難的個案，我就馬上打電話請教學長，多半都能迎刃而解。少數非常緊急複雜的病患，則趕快聯絡學長，並直接送到母院的急診處，從來不曾延誤耽擱。所以做起來也能勝任愉快。」

「我雖然兼差，但無論上班或值班，從沒遲到早退，科內的工作，也都能在規定的期限內完成。」

「這種情況的兼差，應該被允許的吧！」

CR（總醫師）S大夫接著說：「每年有六位CR，只有一位能高升主治醫師，其他，五位CR只好自謀出路。外國許多教學醫院，都由科部主任安排CR到次級醫院輪流兼差，以建立CR的人際關係，將來沒升上主治醫師的CR，便可在次級區域醫院安排職位。」

「主任沒空替我們安插職位，我們自己去爭取兼差，應該受鼓勵及肯定。」

聽完了教授的意見和住院醫師們的陳述，百感交集，但我又不得不以外科主任的立場，發表自己的看法：

「外科住院醫師的訓練，是密集而繁重的，值班的時候常常整個晚上沒睡，接著又要上白班，所以朝會的時候看到你們閉目養神或打瞌睡，我都不忍責備你們，因為我們是過來人，了解其中的苦楚。

上班、值班、看書、查文獻、寫論文、診察病患、跟查房、寫病歷、參加研討會，一天才二十四小時，就是金剛不壞之身，也會覺得疲累，也會覺得時間不夠。況且，已婚的大夫，還要抽點時間陪陪太太孩子，所以住院醫師能到外面兼差，一定對上述的某些工作，有濃縮或不周到的地方。

因此，科內的教授們對住院醫師到外兼差，都感到意外和震驚，特別是

集體有組織的兼差，院方的震怒也是可想而知的。

而且，科內住院醫師集體兼差的事，你們都沒有向我報備，等院方知道了才通知我，我這主任不是白幹了嗎？我的臉要往那兒掛？你們做事也要考慮我的立場。

我很同情H大夫的家庭環境，你才$R_1$，一定要讓你的父母知道住院醫師好像古時候的學徒，能維持小家庭的溫飽就要謝天謝地了，實在沒有餘力再供給家鄉父母的生活費。七年都熬過來了，再忍耐四年，當完總醫師，我會介紹你到私人小型綜合醫院或區域醫院當主治醫師，每個月至少有十五萬元以上的收入，要孝敬父母是足夠的啦。

這四年住院醫師的訓練，你要全力以赴，好好地跟教授及學長們學習開刀的技巧，教科書上所教的是大原則，開刀的實際操作及小細節常常是教授們經年累月領悟出來的，是無價之寶。

想要獲得師長們的無價之寶，一定要付出，所以對師長們開刀後的病患，一定要細心盡心的照顧。學得一技之長，終生受用不盡。將來到區域醫院服務，才能成為一地之雄。」

「S大夫的建議，我會考慮。我會盡量和省、市立醫院、私人綜合醫院

及區域醫院溝通，在不妨礙科內工作的原則下，輪流派ＣＲ前去支援，也為將來ＣＲ的出路鋪路。」

「但這次集體到院外兼差，死罪可免，活罪難逃，我盡量向院方爭取，讓你們都當完總醫師，考取專科醫師後才離職。但你們都不能升主治醫師，所以大家要各自安排將來的出路。」

楊教授、謝教授和兼差的住院醫師，都沒什麼意見。步出會議室，心情輕鬆不少，室外樹林，在微風中發出沙沙的聲響，好像也同意我的安排。

# ◆一粒家計種子的回顧——談「樂普」的個人經驗

一九七六年，應臺灣省家庭計畫研究所所長孫得雄博士的邀請，成為家庭計畫的種子醫師。當時子宮內避孕器「樂普」是臺灣婦女最普遍使用的一種避孕方法。凡是在臺北縣開業的婦產科及家醫科醫師，想要申請裝置避孕器業務的，家庭計畫研究所及臺北縣衛生局，都會安排他們來我的診所作爲期三天的研討。二十幾年來，共有近百位的醫師和我共同切磋，爲臺北縣婦女的健康盡心盡力。

醫師成員有婦產科醫師、家醫科醫師、各鄉鎮衛生所主任或醫師以及考試及格的一般科醫師。因為醫師的專長不一樣，研討的內容也各異。

一般科醫師的研討內容，涵蓋婦女生殖器的解剖、生理、避孕器的種類及避孕機轉、避孕器裝置的時間、禁忌和合併症。家醫科醫師則著重於避孕器的選擇、避孕機轉及裝置技巧。婦產科醫師有些是學長前輩，則準備最新的文獻來研討，並提出合併症的處理方法。

經由互相切磋研討，教學相長，不但使彼此的醫術精進，也培養出深厚的友誼。許多醫師都成為我日後的良師益友。

早期使用的「樂普」、裝置器都由衛生所提供，用裝有安琪消毒液的容器浸泡，要使用時，再挾出「樂普」，裝入裝置器。裝置完畢後，將裝置器清洗乾淨，泡進消毒液，以便重複使用。後來臺灣的經濟起飛，人民富裕，便引進拋棄式的銅7、銅T、銅銀T、母體樂等，避孕器裝入後，外管及管內推進棒隨即拋棄，使整個過程的無菌技術，更跨進一大步。

子宮內避孕器裝置的時間，最好選擇在月經乾淨後，還沒有發生性行為之前。後來醫學科學家發現，在毫無預防的情況下發生性關係，事後裝置加銅子宮內避孕器，來做緊急補救的辦法，非常有效。所以子宮內避孕器不但用來避孕，也可用在事後緊急避孕，使裝置的時間，更具彈性。

裝置子宮內避孕器所發生的併發症，學員們大都轉介到我的診所處理，處理的原則以病人花費最少、傷害最小為原則，所以都能得到圓滿的解決，從沒發生過醫療糾紛。

譬如裝置「樂普」，發生子宮穿孔，轉移到腹腔，根據魏炳炎教授的研究，只有萬分之一，實際情況比這高出許多，因爲都在婦產科開業醫師做適

當的處理了，所以教學醫院的統計自然偏少。

一旦發現子宮穿孔、腹腔移位，如果婦女想永久避孕，則可開刀取出「樂普」，同時結紮輸卵管，一勞永逸，婦女都會心懷感激的。裝置「樂普」，因爲是推進式的，子宮穿孔的機會比較大，抽退式的避孕器如母體樂、銅銀T，穿孔的機會比較少。

任何醫療行為，衛教是非常重要的。裝置「樂普」時，要告訴婦女，「樂普」裝置簡單，裝置後馬上有避孕的效果，而且一次裝置，便可使用好幾年，是很理想的避孕方法。但還有百分之一到百分之三的懷孕機會。

裝置「樂普」，一旦懷孕，如果尾巴（尼龍線）還看得見，則可取出「樂普」，繼續懷孕。如果婦女不想懷孕，便可施行治療性的人工流產，以避免流產、早產及早期破水等合併症。特別是「樂普」的尾巴不見了，或裝置的是子宮環和加銅避孕器，治療性人工流產應該是最理想的處置方法。

裝置「樂普」雖然不會引發子宮外孕，但「樂普」只能避孕，不能預防子宮外孕。一旦懷孕，對子宮外孕就要提高警覺，以便早期發現，及時開刀，才不會危及婦女的性命。

沒有避孕的婦女，二百次懷孕，才會發生一次子宮外孕。裝置「樂普」

的婦女，二十次懷孕，就有一次子宮外孕。子宮外孕的機率比一般婦女高出十倍，所以要十分小心。

周太太，三十五歲，裝置「樂普」二年後，月經慢了一個月，常常有陰道出血的現象，驗尿時，發現懷孕了。某天上廁所時，下腹部劇痛，接著便昏倒了。丈夫馬上送她到裝置「樂普」的診所，再轉介到我的診所來。

我替周太太做陰道穿刺，抽出二十西西的不凝固的血，馬上緊急開刀，切除子宮外孕的輸卵管，同時輸血一千西西，因而挽救了周太太的生命。

病患及家屬的感激，使我深切體認到，醫師是介於神和人之間的職業，心裡充滿使命感和神聖感，這也是我不眠不休為病患服務的原動力。

## ◆「從女醫師及醫師眷屬剖腹產率較低」談起

從健保局四年的統計報告（二〇〇〇至二〇〇三）發現，女醫師及醫師眷屬的剖腹產率，較一般孕婦為低，婦產科醫學會及健保局，這幾年來一直努力降低剖腹產率，這項統計報告，終於露出了一線曙光，讓婦產科醫師有跡可循，朝著剖腹產率正常化邁進。

臺灣女醫師及醫師眷屬有較低的剖腹產率，最主要的原因，是因為她們是醫學的專業人員或眷屬，自己較容易獲得第一手的醫學專業知識，可比較自然產和剖腹產的優缺點。分娩方式她們優先採用自然產，但遇到必須剖腹產時，為了確保母嬰平安，她們會遵照產科醫師的意見，接受剖腹產。她們不會自作主張，逼產科醫師替她們施行剖腹產，因此和其他族群相比，便有較低的剖腹產率。

這項統計報告，給我們一個很大的啟示，要降低剖腹產率，應從產婦的教育著手。

和先進國家相比，臺灣的剖腹產率確實較高，這和社會教育、文化、經濟因素及婦產科醫師的執業方式有關，卻讓產科醫師被污名化，負起剖腹產率偏高的原罪，實在有失公道。

選擇時辰剖腹產，是臺灣宗教文化的特色，雖然和醫學無關，卻會提高剖腹產率。

醫學教育也影響剖腹產率，三十幾年前，各大醫院婦產科的朝會，都會討論前一天的剖腹產適應症，師長對剖腹產的適應症要求很嚴，剖腹產率自然偏低。

開業醫師遵從師長的教導，自律甚嚴，剖腹產都在百分之五至十之間。

隨著少子的趨勢，母子（女）平安才是最高的指導原則，嚴格的剖腹產適應症鬆動了，剖腹產率緩慢上升。

雖然目前的剖腹產是一種安全的手術，但剖腹產仍然有較高的母親死亡率，麻醉意外、子宮撕裂傷、膀胱傷害及新生兒呼吸窘迫症候群。

無論是在教學醫院服務或開業的婦產科醫師，不必找種種理由，引用許多研究報告，來說明剖腹產比自然產安全，如果這樣，今後的產科教科書要怎樣寫？產科的老師要如何教導學生？

孕婦喜歡自作主張選擇剖腹產，是剖腹產率越來越高的主要原因之一。因為她們認為自然分娩容易造成尿失禁、肛門括約肌裂傷、子宮脫垂及陰道鬆弛，而造成性功能失調。

產科醫師要公平的告知孕婦，自然產和剖腹產的好處與缺點，最好將《婦產科醫學會會訊》第一二六期第六二頁的表二，張貼在門診及產房，讓孕婦有充分的時間思考是絕對必要的。

分娩是人類傳宗接代的自然過程，當然是以自然產為優先考量。但在待產過程中，如果遇到危及母子（女）安全的狀況發生時，要當機立斷，及時施行剖腹產。孕婦、家屬及醫政單位都要相信產科醫師的專業知識及判斷能力。

畢竟母子（女）均安是孕婦分娩的最高原則，所有醫療措施均以母子健康為第一考量。這也是所有產科醫師的期盼，希望所有的孕婦都足月生產，出院時高高興興並且心懷感激，使待產分娩成為醫院及家庭的喜事。

# ◆醫師，請來做抹片

健保局的一項統計研究指出：從二〇〇一年一月至二〇〇三年十二月，臺灣五，八一五，七八一位婦女，年齡在二〇〇一年為三十歲及三十歲以上。其中一九五〇位女醫師及二七，四四一位醫師女眷（家屬），作為統計研究的對象。

結果令人驚奇，女醫師及醫師女眷，做子宮頸抹片的比率，竟然比一般婦女低。

臺大校友會，在臺北縣偏遠地區做抹片，女醫師替婦女做抹片，婦女容易接受，所以做抹片的數量比男醫師多很多。

女醫師做健康教育時，效果比男醫師好，婦女聽得進去。她們告訴婦女聽眾，預防疾病比治療疾病重要，特別是子宮頸抹片檢查，可以早期發現子宮頸癌及癌前病變。早期診斷，及時治療，治癒率高達九五％以上，不但保住生命，節省醫療資源，而且大大地提高婦女的生活品質。

女醫師及醫師女眷，經常擁有最新的醫學資訊，都知道子宮頸抹片對婦女健康的重要性，所以應該抹片率最高，為什麼反而比一般婦女低？

女醫師在推廣婦女預防保健工作的角色，越來越重要。我們常看到她們在婦女團體演講，女醫師告訴婦女朋友，預防勝於治療，每年做一次子宮頸抹片，可以早期發現子宮頸癌及癌前病變。侵襲癌的比例逐年減少，大大地提升了子宮頸癌的治癒率及提升了婦女的生活品質。臺灣從一九九五年起的百分之九點七的抹片率，提升到二〇〇二年的百分之五十四點四。子宮頸癌的死亡率，從臺灣婦女癌症死亡原因的第一位，降低到目前的第五位。

但女醫師及醫師眷屬是不是以身作則，積極的參與子宮頸癌抹片檢查呢？

子宮頸抹片執行簡單，花費低，無傷害性。臺灣是由國健局，對三十歲及三十歲以上的婦女，每年提供一次免費檢查。一般婦女，三年內至少做一次抹片檢查的篩檢率為五二•二％，女醫師為四一•四％，醫師女眷為四九•九％，女醫師的抹片率較低，歐美各國也有類似的現象。

女醫師是醫療專業人員，很容易獲得各種醫療資源和醫療照顧，她們對子宮頸癌危害婦女健康的認知，比一般婦女深刻。也許因為工作繁忙而忽略

了自己的健康，因此女醫師罹患子宮頸癌的訊息，也時有所聞。

除了工作繁忙以外，是不是還有其他原因造成女醫師子宮頸抹片率較低呢？

轉換角色的心理障礙難以克服：女醫師要由醫師的角色，轉換成病患，很難克服心理的障礙。特別是要在同業的面前，暴露自己的身體做抹片檢查。這就是女醫師子宮頸癌抹片率較低的主要原因。

新店慈濟醫院婦產科婦女健康中心，提供了人性化的醫療服務，顧慮女性的尊嚴及心理障礙，醫師、護理工作人員全是女性，那是專屬女性的醫療區域，男賓止步，所以女醫師、護士、宗教人士（尼姑）都能卸下心防，安心定期做子宮頸抹片檢查。

如果每所教學醫院，都能到新店慈濟醫院婦產科觀摩，設立婦女健康中心，必定能提高女醫師及醫師女眷的抹片率。

女醫師的醫療資訊豐富先進，也許她們捨棄傳統的子宮頸抹片，而選用電腦抹片、新薄片及人類乳突病毒採檢，使子宮頸抹片的結果更精準，這些先進的檢查都是自費的，都不在國健局的監控範圍內，所以健保局在統計傳統抹片的篩檢率，女醫師的篩檢率自然較低。

全國的女醫師應該站出來，接受子宮頸抹片檢查，以身作則，帶領風潮，不但自己接受子宮頸抹片，而且自願到偏遠地區，替婦女朋友做子宮頸抹片，那麼全省婦女的子宮頸抹片率，應可趕上歐美，到達八〇%以上，指日可待。

# ◆《臺灣婦產科醫學會會訊》編輯四年雜感

會訊編輯委員會是理事長的幕僚組織，能得到兩任理事長的充分授權，使編輯工作順利進行，圓滿完成各項任務，心懷感激。

會訊是學會和會員間的溝通橋樑，也是會員間互吐心聲的場所，希望所有的會員一起來關心，大家用心來灌溉，使會訊的內容更豐富、更多元化，更具有實用性及保存價值。

會訊實在是婦產科醫學會史料的保存者，舉凡會員代表大會、理監事會、各委員會的會議，都有翔實的記載。凡是學會的重大議案及重大變革，追查起來都有跡可循。

您想知道學會美輪美奐的會館是怎樣舉債？怎樣辛苦還債？怎樣謹慎維持營運的嗎？只要翻開會訊，便一目了然。翻開會訊，您就會明白歷任理事長、理監事及會員前輩付出多少心血。

您想知道美服錠（Ru486）的來龍去脈嗎？為什麼只有婦產科專科醫師才

能使用？理事長、秘書長及委員會開過多少次會，對相關部門的爭取和說明及法律條文的審議，他們都絞盡腦汁，為了全體會員，不計利害，全力以赴。

您想知道我們有法律專長的會員，對學會有多大的貢獻嗎？翻閱會訊，凡走過必留痕跡。

會訊同時記錄會員代表、理監事及各委員會的工作實況、出席率、發言及對學會工作的投入，可作為會員選舉學會幹部的參考。

會訊刊載衛生署、健保局及政府有關單位的政令，使各位會員在忙碌的診療工作中，便能很快得到正確的訊息。

各醫學中心的熱烈參與，才能使學會欣欣向榮。通訊繼續教育缺乏稿源，如果各醫學中心能積極參與，問題便迎刃而解。把醫學中心的專題討論，在各專業刊物發表的文章、學術研討會的專題報導，稍加修飾及改寫，通訊繼續教育的稿源便可泉湧如注，源源不絕。

最有可讀性的應該是會員園地，這本是百花齊放、百鳥齊鳴的地方，可惜會員投稿太少，我常看到其他雜誌及會訊上，有我們會員所寫的詩歌、小說、散文、遊記、雜感、時論及笑話，為什麼不把這些稿件投在自己的刊物

上呢？

參與黃思誠教授主編的《臺灣婦產科的舵手魏炳炎》的編輯工作，實在是一種非常愉快的人生經驗。這本魏教授的傳記及紀念集，無論資料的收集、人物的聯絡及訪談都非常瑣碎繁雜，黃教授以學者的治學方法來加以分類、整理及撰寫，他所投入的心血、體力和時間是何等的浩大。

和學者工作久了，慢慢體驗到黃教授做人的敦厚，待人的誠懇及謙恭有禮，以及做事的認真，是做得多、說得少的學人。

抱著上、下兩冊厚重的《臺灣婦產科的舵手魏炳炎》，心裡頓覺愉快而扎實。

# ◆馬偕來去皆留痕——《馬偕婦產部發展史》募款經過

## 一

各位馬偕婦產科聯誼會的師兄弟姐妹們：

大家平安！大家好！

我們所期待的《馬偕婦產部發展史》籌備工作已告一段落，目前正準備簽約。這次的籌備工作是由李國光主任策畫，陽明醫學大學蔡篤堅教授工作室承辦，馬偕婦產科聯誼會負責募款及簽約。

二〇〇〇年，馬偕婦產科聯誼會舉辦迎新會時，創會會長李慶安前輩醫師發起編撰《馬偕婦產部發展史》，獲得當場與會人士的熱烈響應。會後由會長吳輝明醫師召集第一次籌備會，參與會議的有蘇聰賢主任及歷屆的會長。

第一次籌備會後，會長吳輝明醫師努力勸募，不久就募到了四十五萬。

募款名單如下：李慶安醫師五萬、蔡明賢醫師五萬、陳文龍醫師五萬、何博基醫師五萬、王三郎醫師五萬、李義男醫師五萬、賴國良醫師五萬、涂百洲醫師五萬及吳輝明醫師五萬。

由於編撰工作的瑣碎及同門業務的繁忙，轉眼間三年就過去。到了二〇〇三年，潘世斌醫師接第十二屆會長，便和李國光主任商議，決定盡快完成發展史的編輯工作。編輯事務由李國光主任全權負責策畫；募款、簽約及聯絡，則由潘世斌會長指派聯誼會會員擔任。

李國光主任認為百年史應該聘請醫學史專家編撰才夠專業水準，另設附錄，供會員投稿，細數馬偕歲月的點點滴滴，留下共同的回憶及笑聲。

發展史會刊登各年度所有醫師的職位及職稱，各位同門可以從發展史中，發現自己在馬偕醫院婦產科所留下的痕跡，所散發的光芒，所創下的功績。

撰寫及編印發展史，五百本精裝本共需經費七十五萬元，再加上郵寄雜項費十萬元，總共需要八十五萬元。

我們已經募到了四十五萬元，尚不足四十萬元。這不足的四十萬元，必須仰賴大家的慷慨解囊，共襄盛舉。

所有的收入及開銷，我們都會刊登在《馬偕婦產科聯誼會會訊》，以昭公信。所有捐款人的芳名，我們都會登錄在發展史上，以誌感謝。謹此

敬祝　健康快樂

陳文龍　敬上　二〇〇四・七・一五

## 二

各位聯誼會的好朋友：平安吉祥！

感謝聯誼會各位會員的踴躍捐款，從二〇〇四年八月二十五日到十月十四日止，我們共收到捐款四十萬元，捐款者芳名如下：鄭傳芳五萬、程得勝五萬、潘世斌五萬、賴明志五萬、吳峻賢五萬、周天給五萬及張錫安五萬、許權霖五萬。

希望會員繼續踴躍捐款，無論多少，都表示會員的誠意，我們都非常歡迎。這是一種向心力和凝聚力的具體表現。馬偕醫院婦產科，和各醫學中心能平起平坐，馬偕醫院婦產科所講的話，能受到婦產科學界的重視，全靠這種向心力和凝聚力。我們的同門，蔡明賢教授和蘇聰賢校長，能榮任理事長，領導臺灣婦產科醫學會，全靠的也是這種向心力和凝聚力。

當然，現在婦產科醫師開業非常困難，業務所得不多，能得到同門巨額捐款，使我們非常感激。其實，捐款無論多少都表示同門的誠意，大家量力而為，以不影響家計及醫院、診所的營運為限。

謹祝　各位同門健康快樂

陳文龍　敬上　二〇〇四・一〇・一五

## 三

各位聯誼會的同門好友：大家好！

感謝聯誼會各位會員的踴躍捐款，從二〇〇四年十月十五日到十一月二十二日，我們又收到吳振銘醫師的五萬元捐款，非常感謝。

募款工作暫時告一段落，我們共募得九十一萬八千五百九十四元，感謝同門好友的鼎力相助。

吳輝明醫院移交四十六萬八千五百九十四元，即李慶安五萬、蔡明賢五萬、陳文龍五萬、何博基五萬、王三郎五萬、李義男五萬、賴國良五萬、涂百洲五萬、吳輝明五萬及利息一萬八千五百九十四元整。

自二〇〇四年八月二十五日至十一月二十二日，由於各位同門的努力與

熱心，再募得四十五萬元，即鄭傳芳五萬、程得勝五萬、潘世斌五萬、賴明志五萬、許權霖五萬、吳峻賢五萬、吳振銘五萬、周天給五萬、張錫安五萬。

所以為了編印《馬偕醫院婦產部發展史》，我們總共募得九十一萬八千五百九十四元，募款工作已經畫下美麗的句點。

由李國光主任策畫的編撰工作正積極進行，目前已經完成簽約工作，預計一百八十個工作天完成，所以各位同門好友最慢在二〇〇五年迎新會以前會收到期待已久的《馬偕醫院婦產部發展史》。

大家群策群力，共同參與，任何艱巨繁瑣的工作都會順利完成的。感謝各位同仁好友的參與、捐款及奉獻。

敬祝　健康快樂

陳文龍　敬上　二〇〇四・一一・二二

# ◆春風化雨

一九七〇年，我從臺大小兒科轉入馬偕婦產科，開始接受婦產科的基礎訓練。

那時候剖腹產非常嚴格，教學醫院的剖腹產率，只占全部接生數的百分之五，其中以胎頭骨盆不相稱為最多。

要證實胎頭骨盆不相稱，一定要作X光骨盆測量（X-ray pelvimetry），來測定母親骨盆的入口、中間及出口的大小，在臺大是以陳哲堯教授的測量法來測量，在馬偕則是採用吳震春主任的測量法。起先我有點不習慣，經過吳主任以溫和的口氣，耐心細心的指導，讓我很快學會了。

吳主任看起來很嚴肅，但在指導學生及住院醫師的時候，卻和藹可親，就如同古人所說的「即之也溫」。

一九七八年，吳主任到板橋來看我，我正在開刀，是剖腹產。吳主任問我，有沒有作骨盆測量，我告訴他，開業和在教學醫院行醫是有些不同的，

我們沒有X光設備，開刀的適應症如果是胎頭骨盆不相稱，則是完全依產程的遲緩，內診的感覺，及胎頭較高，就當著胎頭骨盆不相稱，施行剖腹產了。

我這邊的剖腹產率，約占全生產數的百分之三。有時候應該剖腹產，但產婦及家屬不願意，說要再等等看。等了十幾個小時，只要胎心音正常，我就等。說也奇怪，大多數竟然也能從陰道安全分娩。

我從不做自己能力以外的醫療行為，需要轉診時，便馬上轉送到馬偕或臺大醫院，一切以病患的健康及權益為中心。病患也都能受到馬偕或臺大師長及同仁的細心照顧，都能康復出院。

吳主任點頭微笑說，從馬偕醫院出去開業的醫師，都要敬神愛人，要遵守醫學倫理，一切醫療行為都要以病患的健康為最重要的考量。讓病患聽到從馬偕醫院訓練出來的，就是一種好的醫療品質的保證。這樣才不會辜負師長們辛勤的教導。

朝會（morning meeting）是科裡主任級和主治醫師指導學生及住院醫師最好的機會和場所。早上七點半，全部的醫師集合在討論室，讀一段聖經後，值班的住院醫師要把昨天住院及開刀的個案提出來報告，並且呈上病歷備查。由陳庵君主任主持，吳震春主任（第一任主任）列席。無論是剖腹產或

子宮全部切除，都要提出開刀的原因。

吳主任話不多，但每次提出質問，都切中要害，使總醫師和住院醫師非常緊張。

腹膜外剖腹產（extra peritoneal Caesarian Section）是吳主任最得意的開刀法之一。這是從腹膜外切開子宮頸部，再抱出胎兒的手術方法。因為不經過腹腔，所以不容易引起腹膜炎。吳主任說，你們要學好這種開刀法，將來出去開業，一定受用無窮。

吳主任作腹膜外剖腹產時，自己作一半，其他一半指導我們作，個案作多了，便熟能生巧。出來開業時，遇到破水引起的羊水發炎，使用腹膜外剖腹產，果然很少個案發生腹膜炎。這對婦產科開業醫師，實在是一股很大的助力。

馬偕婦產科很重視同仁們的聯誼康樂活動。每年至少有二次全科性的康樂活動及次數不等的餐敘。這些聯誼活動，都是由李慶安主任醫師和總醫師策畫安排的。

旅遊、爬山、戲水等活動，醫師的家屬都可參加，不但健身休閒，而且可以增進家屬之間的感情。餐敘則只有醫師參加。餐敘中吳主任常提醒所有

的同仁，婦產科醫師是介於神和人之間的神聖工作，所以嚴禁上酒家，不准酗酒，以免酒後失態有損醫師的尊嚴。

一九八〇年，吳主任榮升彰化基督教醫院院長。吳院長離開了馬偕，但每年至少有一、二次和馬偕同仁的餐敘，對開業同仁也常常打電話聯絡關心，實在是馬偕婦產科的大家長。

二〇〇一年二月，吳教授送我們每人一本畫冊，這是他八十大壽的紀念畫冊。吳教授的畫配上女婿葛原隆醫師的選詩題字，竟然媲美專業畫家的水準，讓大家驚嘆不已，沒有一個人能想像得出那雙開子宮頸癌的手，那開刀時乾淨俐落、氣勢磅礡的執刀的手，竟然能畫出細膩精緻的山水畫及仕女圖。「獨自莫憑欄，無限江山，別時容易見時難，流水落花春去也，天上人間」、「遠岸秋沙白，連山晚照紅」、「山花落盡山常在，山水空流山自閑」。

吳教授對馬偕婦產科的住院醫師及醫學生，總是循循善誘，使我們感到有如春風化雨，受益匪淺。最近傳來院長蒙主恩召的消息，馬偕婦產科同門的心裡都覺得非常不捨。

**吳院長，我們會永遠想念您。**

# ◆良醫慈母心——懷念醫學前輩蔡吳月娥醫師

三、四十年前，臺北縣鶯歌、三峽、土城、新莊及板橋地區，婦女生病時，都會到板橋蔡醫院找蔡醫師娘吳月娥醫師診治。因為得到蔡醫師娘慈母般的關懷，婦女病患常稱讚蔡醫師娘說：「良醫慈母心」。

蔡吳月娥醫師生於一九二四年，是臺北縣鶯歌鎮望族之後。天資聰明，獲母舅提拔，進入日據時代之熱帶醫學研究所深造，努力向學，醫師資格考試榮獲榜首，當年總督府總督親自召見，成為鶯歌第一位女醫師。

一九四八年與臺大畢業的蔡廷陞醫師結婚，一九五五年到板橋南門街創設蔡醫院，於一九六一年遷至南雅南路繼續懸壺濟世，是板橋資深的開業醫師。杏林春暖，行醫多年，陸續由衛生署及醫師公會頒發行醫五十年、五十五年、六十年之獎狀及表揚，實至名歸。

院長蔡廷陞醫師曾任臺北縣醫師公會第十三屆理事長及中華民國防癌協會臺北縣分會首任理事長，獻身臺北縣醫界，公務繁忙。蔡醫院四、五十年

來，能維持醫院的正常營運並照顧眾多的病患，是以靠蔡醫師娘日夜不斷地工作，她一點也不覺得累，而且從繁忙的工作中得到樂趣。

吳月娥醫師還沒結婚以前，在鶯歌開設「惠安醫院」服務鄉梓，常免費行醫，地方人士非常感激，便演子弟戲來報答她。結婚以後，先搬遷到臺北縣山佳（山仔腳）繼續行醫。常幫助清寒子弟就學，使清寒子弟們得到好的教育及穩定的工作，脫離貧困，頗獲地方好評，因此榮獲樹林鎮公所表揚。

蔡醫師娘在山佳（山仔腳）惠安診所執醫時，因地處窮鄉僻壤，人們的生活困頓，有一次蔡醫師娘往診回來時診斷出該位小病患是腹內有寄生蟲，除了交代其阿公拿藥治療外，更吩咐不要吃地瓜，結果阿公一臉愁容滿面的回答說：「醫師娘，我們山頂作事人，三餐只吃番薯簽，哪有白米吃！」蔡醫師娘當時一聽心酸至極，也顧不得家中米缸內米糧不多，就將全數白米倒入他頭頂上的斗笠內交予帶回，看著患者家長帶著感激的笑容回去，卻是蔡醫師娘這輩子最滿意的報酬。同樣的事情不時的發生在孩子們的成長過程中，這就是蔡醫師娘留給孩子們最珍貴的遺產。

一九五五年到板橋定居，和丈夫蔡廷陞醫師共同開設蔡醫院，服務的病患更多。在四、五十年前臺灣醫療資源欠缺，公共衛生不佳，所以醫師診療

工作的辛苦也就不在話下。除了診治病患外，行有餘力，又致力於推展公共衛生、疾病防治、社會公益及教育事業。

蔡吳月娥醫師對隻身來臺的退伍軍人及海外歸國的僑生，常給與必要的援助，使他們生活無虞匱乏，讓他們能專心讀書，就業的也能專心工作。幾年或數十年後，等他們所學有成，或工作穩定後，都會回來探望蔡媽媽，來表達他們對蔡媽媽的感激。

在以往未有任何保險型態的醫療市場上均以現金交易，但也有一些病患屬於掛帳或賒帳的方式，到了年終時在醫院的管理上終必要做總結，否則過了年節病患對醫院的抱怨就會轉為「欠帳過年是不好的」或有大過年來看診是有觸霉頭之意。在孩子們的記憶中因父母親忙於診療事務，家中較年長的孩子就必須負責收帳之事，在收帳過程中總仍有賒欠未還的事情，但蔡醫師娘總以為病患付不出醫藥費必有苦衷，當下就將那些欠據燒掉，說：「該付就付了，不然就當為互欠的處理掉就好了」。

這是一個幸福美滿的模範家庭，蔡醫師娘本身是醫師，丈夫是醫師公會的理事長，臺北縣醫界的領導者，是很有名望的醫師，她又是三位醫師的母親，家庭教育的成功，是鄰里們景仰學習的對象。

長女荔香是內科名醫，在校期間曾獲全國大專優秀青年獎，後與出身新竹醫師世家的蘇孟龍博士共結連理，平日孝順公婆，友愛姑叔，是位孝順的好媳婦。

長子鵬飛，是位優秀的牙醫師，長媳陳達揚也是品學兼優的牙醫師，夫婦共同經營牙醫聯合門診，是最現代化、最有醫德的牙科醫院。鵬飛曾是臺北縣牙醫師公會第二十一屆理事長。

次子鴻飛留學日本，在日本取得醫學博士學位後，在日本埼玉縣鴻巢市創建胃腸科醫院，病患很多，因醫術精湛，很得患者的信任。

三子翔飛是國內財經專家，貢獻所學，致力於臺灣的經濟建設。

幼女玫薰，聰穎好學，畢業於臺大法律系，現任職於板橋地方法院科長。清廉守法，積極負責，曾獲全國模範公務員獎，社會及司法界都給予正面肯定。

一門俊傑，令人羨慕。蔡醫師娘投入多少愛心、多少心血，實在值得大家學習。

蔡醫師娘家庭生活非常美滿，和子女們及孫子們的互動關係良好。無論在生活上或電話間，溝通順暢，感情融洽，不但子女們學有專精，貢獻社

會，服務人群。孫子們也都品學兼優，所學有成。所以蔡醫師娘曾先後受頒模範母親及模範老人之表揚。

二〇〇三年以後，蔡醫師娘因年歲漸高，身體逐漸衰弱，健康狀況大不如前。到了二〇〇六年五月七日，離開了她深愛的家人，與世長辭，享年八十三歲。

二〇〇六年六月二十四日上午，在縣立板橋殯儀館景福廳舉行告別式，家中兒孫痛失依靠，心中萬般不捨。親朋好友及臺北縣醫界同仁，齊聚一堂，拜別他們景仰的前輩。婦女病患，痛失良醫慈母，前來跪拜的絡繹不絕，場面備極哀傷，極為感人。

蔡醫師娘，德高望重，終其一生，良醫慈母，可為醫界的典範，也是後輩繼起者學習景仰的對象。

# ◆高樓誰與上？——悼念陳勝崑醫師

一九八九年六月二十二日，陳勝崑醫師登高墜樓遽逝。消息傳來，令人悲痛不已，更惋惜這位年輕的醫學史家，在生命最燦爛的時候，卻在剎那間化為一團火花，從人海中迅速地消失。

陳勝崑醫師生於一九五一年二月五日，父親是雲林北港名醫陳瑞郎先生。臺北醫學院畢業後，便先後在臺北中興醫院及仁愛醫院接受住院醫師的訓練，然後在板橋江子翠開業，以內兒科及皮膚科為主。

從學生時代，他便主張人性的醫學，認為醫師看病不只是要把病治好，更要對病人多加關懷。曾經有位罹患子宮頸癌的婦人，到一流的教學醫院做子宮根除手術，手術非常成功，二個星期後便出院，但出院後，排尿困難，經常需要導尿，又因家庭經濟並不寬裕，這位婦人覺得自己拖累家人，因此心情非常沮喪，便跳河自殺。如此，雖然手術成功了，病患卻死了，這便是唯物的、機械的醫學。

陳醫師認為醫護人員應該在手術以前，和病患及家屬有良好的溝通及衛教，告訴病患子宮頸癌是婦科的大手術，手術後會有排尿及排便的問題，使病患及家屬有充分的心理準備，不但要面對手術時的大挑戰，還要面對手術後合併症的小挑戰。對經濟困難的病患，可介紹他們到醫院的社會服務處，以獲得經濟上的幫助，這才是人性的醫學。

為了實踐人性的醫學，陳醫師在診治病患時非常仔細，並且很有耐心地向病患解釋治療的過程及預防的方法。

在報章雜誌上經常看到陳醫師的文章，如《中國醫學史》、《中國疾病史》及《中西醫論戰》等，其議題廣泛、論點深入而有見地。五年前他到板橋扶輪社演講，當時他講的題目是「中西醫學之我見」。他認為醫學沒有中西之分，只有古今之別。醫學可分為由經驗累積而來的古醫學及科學的現代醫學。中國醫學秉承五千年的歷史經驗，博大精深，是各醫學院博士論文的最佳素材，取之不盡、用之不竭，可是不能毫無選擇地應用在保健及治病上。

這位平時沈默寡言，演講時高談闊論的學者，雖然小我十歲，但我們卻聊得很起勁，一點也感覺不出年齡的差距。陳醫師寫了許多書：一九七七年杏文出版社出版的《高血壓》；一九七八年當代醫學雜誌社出版的《中國傳

統醫學史》；一九八一年自然科學有限公司出版的《中國疾病史》；一九八二年健康世界雜誌社出版的《醫學、心理與民俗》；錦繡出版社出版的《科技中國》及故鄉出版社出版的《圖說醫學的歷史》；一九八三年明文書局出版的《赤壁之戰與傳染病——論中國歷史上的疾病》；一九八五年錦繡出版社為學童出版的《中國的科技》等。這期間，他又考入師大歷史研究所攻讀科學史，以四年的時間修完史學碩士學位。一九八五年自費出版《中國科學社生物研究所之研究》。

醫療工作本來就很繁忙，何況又要寫書，又要修史學碩士，時間、精神、體力不斷的透支；好比一個氣球不斷的吹氣，已經達到張力的極限，任何風吹草動，都會使氣球炸成碎片。

陳醫師，在人生的最後旅程，誰陪你走上高樓的頂端，是希波克萊特或是華佗？你向古聖先賢們申述什麼呢？是你所堅持的「以仁為己任」的人道醫學嗎？你向他們訴說的是社會良心的淪落及醫療環境的惡化？你為什麼要把人世間的痛苦往自己的肩上攬呢？多麼沈重的負擔呀！而那繁複的中國醫學史科，你又要託誰來整理呢？

**安息吧！陳大夫，大屯山上蒼翠的樹林，還算得上是人間的一片淨土。**

# ◆封面封底的告白——細說歷史的長河

郭英雄教授新著《景福醫訊封面封底集錦》，是集智慧與藝術於一身的好書，封面是臺大醫學院校友的「師友錄」，它使我們看到闊別多年的師長和朋友，慶幸大家還健康的活躍於自己的專業領域裡，繼續奉獻國家社會。封面也是臺大醫學院歷史的見證，是一部活的歷史，我們看到母院繼續成長茁壯，繼續領導臺灣醫界。我們體會到長江後浪推前浪，各領域都出現了許多傑出的青年才俊，都有極優異的研究成果。

封底的景物，讓我們「又見楓城」，歷史景物的重現，打動了多少天涯遊子。鮮亮的青春歲月，喧鬧於樸拙的學府中，大師級的師長，引領我們平穩而正確地駛過浩瀚的學海。

「臺大醫學科學校區景物」，使前輩校友慢慢地適應記憶中舊建築的拆除及現代化新建築的興建。

「基礎醫學大樓與醫學人文館」的並立，顯示出科學和人文的互相包

容，相互輝映。

基礎大樓中庭噴水池中的「舐犢情深」，是一九六一年入學醫科牙科校友的回饋。「從東址俯瞰西址院區」，開闊了同學們的視野。「春到臺大醫院」是夕陽中的新娘，在「手術大樓前庭院」的柔波裡，手術變得人性又關懷。

呂鴻基教授、謝季全教授、連倚南教授、陳明庭教授、劉堂桂教授的榮退，告訴我們師長們的功成身退。他們把畢生所學，傳授給下一代而無怨無悔，這樣醫學才會不斷的向前邁進。

「臺灣醫界感恩餐會」，臺灣醫界的良心李鎮源院士和陳水扁前總統賢伉儷及李鎡堯教授同桌餐敘，表示臺灣醫界的學者已經走出象牙塔，開始關懷社會，投身於臺灣的再造。

有一群人默默捐出他們的身體奉獻給醫學教育。大體解剖及病理解剖是醫學養成教育的重要關鍵，全院師生對於這些捐軀者，心存感激，每年舉辦「慰靈祭」來祭拜他們。「臺大醫學院中元普渡法會」，又使我們回想起莊嚴的慰靈祭。

臺大醫學院院長，從前都是由校長指派術德兼備的學者擔任，做為臺灣

醫界的領袖及道德良知的楷模。最近幾年，醫學院院長改由遴選委員會推舉。遴選委員會都是院內院外各領域的領導者及公正人士。《景福醫訊》第十八卷第二期封面所刊登的遴選委員，全都是醫學界的精英，他們所推舉出來的院長，必定是學問好、道德好，又有領導統御能力的大學者。

網球是醫學院最具傳統最普遍的運動，也是各科的重要聯誼活動，歷數十年而不衰。林國信院長榮獲第三十二屆世界醫師盃網球賽季軍，使全體網友都覺得非常光榮。

郭教授這本集錦，是景福校友值得珍藏的好書。

# ◆一針受孕?!戲說生殖科技

## ——不孕門診最生動活潑的衛教範本

自古以來，人類的生育全由男性掌控。一個家庭，要不要生育，要生幾個，是丈夫決定的。要不要避孕，用什麼方法避孕，也是丈夫決定的。肩負孕育、分娩重任的婦女，反而成為配角。

到了一九六〇年，避孕藥丸的發明（合成），使婦女自己可以掌握生育的間隔，只要經過醫生診療，不必丈夫的同意，就可以獲得有效的避孕方法。

避孕藥丸這一神杖，點醒了婦女的性自主權，在世界各地掀起了女權運動及性解放運動，波濤洶湧，排山倒海，無法抵擋。這一顆神奇的藥丸，發揮了神奇的威力，改變了人類的歷史。

這一種神奇的藥丸，便是史丹佛大學教授卡爾・翟若適（Carl Djerassi）所發明的。這一代宗師，在避孕藥發明的四十年後，認為避孕方法已經很普

遍，婦女想要避孕，只要找婦產科醫師診療，就唾手可得。但不孕問題卻困擾著世界上的許多家庭，所以他又投身於不孕症的研究。

一針受孕?! ＩＣＳＩ——卵細胞質內單一精蟲顯微注射，這是一項尖端的生殖科技，解決了許多家庭的不孕難題。翟若適教授用生動的文字，清楚地把尖端科技的原理，闡釋給眾人，讓大家不但聽得清楚，而且看得明白。

這本書是由黃葵小姐翻譯，淡江大學化學系吳嘉麗教授導讀，臺北女書文化出版，值得介紹給不孕門診病患。使患者能進一步和醫生配合，以達到診療的目的，同時減少醫療糾紛的發生。

書裡面對生殖生理、生殖科技、不孕的原因及求孕的方法，不但說得淺顯易懂，而且非常專業化。現在摘錄幾段，以供不孕門診衛教的參考。

正常男性，在性交射精時大約會將六千萬到一億隻精蟲射入陰道內，精蟲在陰道內游到子宮頸口只剩下一千萬隻精蟲，精蟲奮力穿越子宮頸又黏又稠的黏液，到達子宮時只剩一百萬隻精蟲，丈夫精蟲較少的不孕夫婦，醫師收集丈夫的精蟲，用儀器直接注入子宮腔，以避免精蟲必須經過長途跋涉，損兵折將，這就是所謂人工授精。

精蟲穿越子宮到達輸卵管，只剩下十萬隻，然後只剩下幾千隻在輸卵管

和卵子碰面。卵子會以種種化學防衛來抵抗，只有一隻精蟲會穿入卵子和卵子結合。

當精蟲潛入卵子後，立刻觸動卵膜的防衛反應，使卵子的透明帶變成堅不可破的堅壁。

婦女的排卵期大約在經期開始的第十四天。當卵巢排出一個卵，這個卵在輸卵管遇到精蟲而受精，三十六個小時內便發生第一次細胞分裂。十二小時後，細胞再度分裂。這時候受精卵沿著輸卵管逐漸向子宮腔移動時，胚胎就逐漸形成了。

當受精卵達到桑椹胚時，已經分裂成十六個相同的細胞了。在八到十六個細胞時，細胞偶爾會分離成完全相同的兩群或更多群，於是產生了「同卵雙胞胎」。

卵巢每個月只排出一個卵，偶爾排出兩個卵或兩個以上的卵，每個卵由不同的精蟲受精。這就是異卵雙胞胎或多胞胎。

ＩＣＳＩ（Intracytoplasmic Sperm Injection卵細胞質內單一精蟲顯微注射），受精是在顯微鏡下進行，把一隻精蟲注射到從婦女體內取得的卵子而成。接著把受精卵在培養液中培養十二小時，使受精卵分裂到八個細胞，以確定胚

胎已開始正常形成，然後再把這個早期胚胎植入婦女的子宮。這個胚胎必須在子宮內膜著床，再經過三十六週的孕育而成長為正常成熟的胎兒。

ＩＣＳＩ的成功率為百分之四十，多胞胎的機率也很高。

經由ＩＣＳＩ，使原本不孕的男人，如精蟲太少或沒有輸精管，嶄露了一線曙光，變成可以生育了。

ＩＣＳＩ是目前治療男性不孕症最有效的辦法，從一九九二年以來，已經有五萬個到十萬個ＩＣＳＩ嬰兒出生。

婦產科醫師的使命是創造生命，不是結束生命。選擇性減胎的用意，在於提高產下健康嬰兒的機率。

什麼是選擇性減胎呢？經由人工生殖科技而懷孕的婦女，常會懷有三個或三個以上的胚胎，為了增加胚胎的存活率，及減少母親妊娠的合併症，在第一妊娠期，以醫學的方法來減少子宮內的胚胎數，使子宮裡的胚胎數只剩下三個以下。

從一九七〇年開始研發選擇性減胎，便引發許多醫學倫理方面的爭議，醫學科學家是不是只管醫學科學，而不管醫學科學所引發的許多醫學倫理及社會問題？

醫學科學家是不是能扮演上帝的角色，甚至取代上帝的角色，來創造生命，來決定胚胎的存活命運，來決定胚胎如何處置？是否銷毀？是否減胎？要提供給誰使用？要決定胎兒的性別，使母親生男或生女？種種問題，都值得不孕專家省思。

# ◆愛滋衛教二十年

一九八一年，美國加特列醫師發現第一例愛滋病患。到二〇〇三年十二月，全世界愛滋病患總數超過二二六〇萬，歷年來累積病患總數超過三千萬人，八四〇萬人發病，六四〇萬人死亡。

一九八六年三月，臺灣出現第一例本國籍的愛滋病患。到二〇〇三年十二月，累積病患總數達五二二一人，一五九六人發病，九一一人死亡。

現在，每二五〇位成年人，就有一位愛滋病患。除了因戰爭而死亡外，愛滋病已經是全世界年輕族群死亡原因的第一位。

一旦感染愛滋病毒，便成為終身的帶原者。所有的愛滋病毒帶原者，終將發病成為愛滋病患。發病後，先進國家的病患，存活期為二年。開發中國家的病患，只能存活六個月。

因此，愛滋病已經被世界衛生組織列為二十一世紀的世紀大病，也稱為二十一世紀的黑死病。這實在是人類所面臨的一大災難，所以國際扶輪繼消

滅小兒痲痺症之後，將愛滋防治列為二十一世紀的社會服務重點工作。

從事不安全的性行為，是愛滋病最重要的傳染途徑，占九三％，其餘如共用被污染的注射器、接受被污染的輸血、由母親垂直傳染給胎兒等，只占七％。

愛滋病的預防方法，最重要的是單一而乾淨的性伴侶，萬一不能避免不潔的性行為，也要全程使用保險套。

到目前為止，愛滋病還沒有根治的藥物。雖然最近研發出許多新藥，但也只能抑制或延緩愛滋病的發作或病況而已，而且費用昂貴，大部分的病患都負擔不起。

總之，愛滋病是預防簡單，治療困難，甚至是無法治療的性傳染病。因此更顯現出預防的重要性，這也是我獻身愛滋防治衛教的原因。

從一九八三年開始，我便用心收集有關愛滋病的醫學文獻及世界各地的疫情，整理成冊，並製作演講講義，到三四九〇地區第二、四分區各扶輪社演講，使各扶輪社友了解愛滋病，並熟悉預防的方法，把這些知識帶回家裡，帶到社區，使愛滋防治的訊息，深入社區各個角落。

我不但到扶輪社演講，也到學校、社區及社團宣導，足跡踏遍淡水真理

大學、永和國中、汐止青山國中、新店能仁家商、松山永春高中、臺北縣基督教女青年會、臺北市臺灣婦女會。

一九九七年，我把歷年衛教的經驗，寫成一篇文章「夫妻有愛，愛滋不在」發表在《扶輪月刊》五月號，利用《扶輪月刊》的發行，將愛滋防治的醫學知識，帶給全國的扶輪社友和前輩。

二〇〇一年十月，在教育部的策畫下，由遠流出版社出版《揮別青澀，健康成長》，這本書是我寫給全國高中、高職學生的性教育手冊，其中有一篇〈男女有真愛，愛滋永不在——談愛滋病的防治〉便是將愛滋病的防治，往下紮根，希望全國青少年能遠離愛滋，健康快樂。

一九九三年三月，國際扶輪理事會宣佈：「國際扶輪鼓勵並支持世界各地扶輪社，與各國政府衛生單位及非政府組織合作，加強社員及社區認識愛滋病，要宣傳、教育及預防同時並進。」

一九九八年至一九九九年，郭道明前社長接掌三四九〇地區總監，任命我為預防醫學委員會主委，全力推動愛滋防治宣導工作。

工作的重點分二大方面：

一、加強社員認識愛滋病，建議三四九〇地區各扶輪社，在例會演講

時，安排一次「愛滋防治」的專題。講員由各分區選派醫師社友擔任，演講時所使用的幻燈片及講義，則由總監辦公室向杏陵教育基金會購買「負責的愛、安全的性——預防愛滋。」

這一年，愛滋防治宣導，遍及三四九〇地區各扶輪社。

二、為三四九〇地區原住民及一般國小、國中、高中健康教育老師，舉辦「愛滋防治研習營」。

由總監辦事處主辦，中華民國預防醫學會承辦，分區內由各扶輪社協辦。其中最成功的便是一九九九年五月二十二日在板橋市重慶國小視聽中心所舉辦的「國中及國小校園性教育及愛滋防治教師研習營」，對象為臺北縣國小、國中教師。會中討論熱烈，使愛滋防治深入校園及社區。

二〇〇三～二〇〇四年，劉祥呈（Syo-Tei）總監任命我為愛滋防治委員會主委，在扶輪大家庭的主導下，我願意成為愛滋防治的永遠義工。

# ◆人性的醫療照顧

「新埔社區醫療群」對新埔社區居民提供人性化、現代化及整體性的醫療照顧，將使新埔社區的居民，得到周全的健康照顧。本社區醫療群是由家醫科、婦產科、內科、小兒科及復健科組成的醫療團隊，他們的醫療服務將是全面性的團隊服務。

全家的成員，從出生、成長、結婚到年老，團隊提供健康諮詢及疾病診治，所以是全家的照顧，也是全程的照顧。

每個人都是具有身、心、靈、宗教、社會各層次的全人，社區醫療群將以現代化的設備及人性化的專業知識來達成社區居民各層次的健康需求，所以社區醫療是全人的醫療照顧。

嬰幼兒的健康檢查、預防注射、營養諮詢是確保每位嬰兒快樂成長，免於疾病的最重要的醫療保健工作，您所屬的社區醫療家庭醫師是嬰幼兒健康的守護人，提供健康檢查、預防注射。健康的嬰幼兒是家庭的希望，也是全

家快樂的泉源。萬一您太忙，忘了帶小寶寶來打預防針，家庭醫師還會打電話提醒您。產前檢查及產前遺傳診斷是確保產婦安全及嬰幼兒健康正常的最重要的工作，社區醫療群的婦產科醫師可提供這項服務。

社區醫療群的每一位家庭醫師，都可提供成人健康檢查，四十歲以上每三年一次，六十五歲以上每年一次，檢查項目有一般健檢、乳房、肛門指診及紅血球、血色素、血糖、肝功能、腎功能、尿酸、膽固醇等，可及早發現異常，及時給予矯正及治療。

疾病的診斷與治療是社區醫療群每一位家庭醫師的重點工作，早期診斷早期治療，可事半功倍，使病患迅速康復。社區醫療群又有各科的專家，可相互轉診。基層醫療處理不了的病患，可轉介到縣立醫院板橋院區做進一步的診治，所以社區醫療群是全方位的醫療保健。

社區醫療群的每一位家庭醫師，都是社區居民健康的守護神，也是社區居民的好朋友，讓我們來共同營造一個健康樂利的社區吧！

# ◆勇拒檳榔，珍愛臺灣

臺灣檳榔種植面積已達五萬七千公頃，是僅次於稻米的第二大農作物。十五歲以上嚼食檳榔人口為二百萬人，其中一百萬人經常嚼食，一百萬人偶爾嚼食。臺灣檳榔氾濫成災，已是不爭的事實。

嚼食檳榔，容易引發口腔癌。口腔癌是我國十大癌症死亡原因的第七位，國內口腔癌的死亡率在二十年內成長十倍，是年增率最高的癌症之一，僅次於攝護腺癌。

種植檳榔，既省力又省工，檳榔的樹齡和結果實的時間都很長，加上嚼食檳榔的人口劇增，檳榔需求量增加，使檳榔種植利潤豐厚，農民競相種植。檳榔園已經侵入等級較好的農地，也侵入山坡地，使山坡地超限利用，嚴重影響水土保育。遇到暴風雨來襲時，容易引起山洪爆發，山坡地崩塌，形成嚴重的土石流。

檳榔根淺，樹幹筆直而不分歧，幹頂只有大型的羽狀複葉，再加上根部

粗短，保土吸水能力差，水源涵養功夫薄弱，遇到大雨，就會沖蝕成災。

本來嚼食檳榔的人口，多侷限在東南部鄉村，年齡較大的成年人，社會經濟地位較低的勞工階級及卡車司機。近年來，已有年輕化、普及化的趨勢，中學生曾有嚼食檳榔經驗者，已達百分之二十以上。

檳榔殘渣會污染環境，檳榔攤林立，有礙觀瞻又妨礙交通，加上檳榔西施爭奇鬥艷，有損社會善良風氣。

無論就個人健康、環境衛生、臺灣水土保育及社會善良風俗的提升，都應該拒嚼檳榔，珍愛臺灣。

## 一、飛蛾撲火

明知會引火焚身，飛蛾為什麼還要往火裡撲呢？明知山裡有虎，人們為什麼還要去虎山呢？明知嚼食檳榔有百害而無一益，為什麼還有那麼多的人執迷不悟，繼續嚼食檳榔呢？究竟檳榔有什麼吸引力，會讓那麼多人樂此不疲呢？

臺灣市售檳榔嚼塊的基本組成包括檳榔青、荖葉、荖藤、荖花及石灰。

檳榔青含有檳榔素及檳榔次鹼。檳榔素能刺激中樞神經，產生快感，也

有副交感的興奮作用。荖藤與荖花含有芳香酚化物，使咀嚼檳榔的人嚼食後會發汗、發熱、芳香及辛辣感。這便是大卡車司機嚼食檳榔的主要原因，他們認為嚼食後可提神、解勞及去風寒。

其實卡車司機開夜車時，白天要有充分的睡眠和休息，要吃飽穿暖，開夜車自然會有精神，不必靠嚼食檳榔，仍然可以成為一位稱職的司機。

有些人，因為無聊，以嚼檳榔來打發時間。有些人因為好奇，檳榔到底是什麼滋味，買些來嚼嚼看。有些人則認為嚼食檳榔，可以消除緊張，穩定情緒。

有一部分年輕人，以嚼食檳榔來表現自己夠酷，表現自己成熟、有膽識，對什麼事情都無所謂，不在乎。

某些場合，一群朋友都在嚼食檳榔，我不嚼的話，豈不是太見外？太自命清高？這樣是會被朋友們排斥的。

當然，民間禮俗也是一大因素，檳榔號稱臺灣口香糖，本來就是一種鄉土零食，有些地方訂婚、送聘、宴客都會請吃檳榔。在有酒、有菸的地方，檳榔更不可少。

## 二、代價驚人

就是有千百種理由，讓我們去嚼食檳榔，我們也要三思，及時喊停，因為嚼食檳榔會讓我們付出慘痛的代價。

嚼食檳榔危害健康，長期嚼食檳榔的人，會誘發口腔病變、磨損牙冠、引發牙周病、口腔黏膜下纖維化、白斑症、疣狀增生，最後演變成口腔癌。

嚼食檳榔會增加家庭的支出，不但購買檳榔需要錢；亂吐檳榔汁，會被警察取締罰鍰；磨損牙齒，發生牙周病，都會增加牙科的醫療費用。

社交生活也會受影響，許多人不願和嚼檳榔的人交朋友。因為嚼食檳榔的人，紅唇黑齒，非常難看，嚼食時動作不雅，舉止氣度大受影響，而且口帶腥味，令人作嘔，有些長輩戒食檳榔的原因是想抱孫兒孫女時，常被拒絕，因為「爺爺的嘴巴好臭」。

又因為吐檳榔汁時，常會污染地板、衣物和器具，而遭受朋友及家人的責備。

所以嚼食檳榔，得不償失。

## 三、口腔檳榔癌

嚼食檳榔，為什麼會引起口腔癌呢？因為檳榔纖維粗糙，經常嚼食，容易使頰黏膜及齒齦摩擦、刺激及傷害，經年累月的慢性刺激、摩擦及傷害，會使頰黏膜細胞變性，而演變成癌症。

當然，檳榔塊含植物鹼和多酚，具有致癌性，荖藤含有黃樟素，也是致癌物。石灰和紅灰，本身是鹼性物質，會改變口腔的酸鹼性，造成頰黏膜的傷害。

嚼食檳榔容易引起口腔癌，道理就很清楚。因嚼食檳榔而造成的口腔癌，稱為口腔檳榔癌。

根據衛生署的統計，二〇〇一年在臺灣地區癌症死亡原因中，口腔癌高居第七位，死亡人數共一千五百六十位。如單以男性而論，則口腔癌為男性癌症死亡原因的第五位，死亡人數一千四百三十六人；平均死亡年齡為五十五歲，所以口腔癌讓男性少活十七歲（男性平均壽命為七十二歲）。

如果一個人已有嚼食檳榔的習慣，再加上酗酒、吸菸，那麼他罹患口腔癌的機率，為不嚼食檳榔、不吸菸、不酗酒的人的一百二十三倍。衛生署為

了提醒國人認識檳榔對健康的危害，特別訂定每年的十二月三日為檳榔防制日。

## 四、檳榔的健康危害

嚼食檳榔，除了使牙齒變黑、磨損、動搖、牙齦萎縮、牙根斷裂外，進一步會造成牙周病，口腔黏膜下纖維化症、口腔黏膜白斑症及疣狀增生，最後還會導致口腔癌。

根據研究，百分之八十八的口腔癌患者，都有嚼食檳榔的習慣。

嚼食檳榔者，如果又有吸菸及酗酒的習慣，則口腔癌的罹患率會急速地增加。此外，罹患咽癌、喉癌、食道癌、胃癌、肝癌、鼻咽癌及膀胱癌的機率也會大大的增加。

口腔黏膜下纖維化症和口腔黏膜白斑症二種癌症前期病變，也是嚼食檳榔所誘發的。

口腔黏膜下纖維化症常見於頰黏膜及腭部。口腔黏膜會有燒灼感、潰瘍、變白、漸失彈性，最後造成張口困難及吞嚥困難。有口難開，有好吃的東西不能咀嚼吞嚥，真是人間的悲劇。其中部分患者會轉變為口腔癌。

口腔黏膜白斑症，常見於頰黏膜、舌、牙齦、口底及唇角。黏膜白斑症表面粗糙，白斑慢慢由清白變混濁，其中有部分會轉化成口腔癌。

嚼食檳榔對人類的新陳代謝也會發生影響，會引起高鈣血症、代謝性鹼毒症及腎功能障礙。

心臟血管系統也會受檳榔的影響，嚼食檳榔會使心跳加快、心悸、心率不整及心肌梗塞等。

## 五、口腔癌的臨床症狀、自我檢查與預防

口腔癌是發生在口腔癌裡的惡性腫瘤，慢性不良刺激是口腔癌發生的重要成因，其中以嚼檳榔為最主要，其次是吸菸、酗酒、口腔衛生不良、尖銳的蛀牙、牙齒殘根、製作不當或破損的假牙、牙套等。

口腔是看得到、摸得到的地方，所以自我檢查非常方便，早期診斷、及時治療，治癒率會提高很多。

口腔癌有什麼症狀呢？

- 口腔黏膜顏色或外表形狀改變：如口腔黏膜變白、變紅、變黑或褐色，而且無法抹去。

- 潰瘍：超過二週以上還沒有癒合的口腔黏膜潰瘍都要趕快到牙醫師或耳鼻喉科診治。
- 腫塊：口腔內或頸部任何部位不明原因的腫塊，特別是無痛性腫塊，都要到醫學中心診治。
- 舌頭之活動性受到限制，導致咀嚼、吞嚥或說話困難，或舌頭半側之知覺喪失、麻木，應儘早就醫，查明原因。
- 顎骨的局部性腫大，導致臉部左右不對稱，有時合併有知覺異常、下唇有麻木感或牙齒動搖等症狀，須請牙醫檢查是否長瘤。
- 口腔黏膜之知覺與開口度：有嚼檳榔習慣的人，要注意口腔黏膜是否有乾澀、灼熱或刺痛的感覺，要注意是否嘴巴張不開，或張嘴時頰黏膜拉得很緊。

因為口腔是看得到、摸得到的器官，所以一有病變，往往是自己比醫師發現得早，因此每個人都要了解口腔自我檢查的方法。

- 照鏡子觀察臉部的外觀，看臉部是不是左右對稱或有無突出的腫塊。
- 張開嘴巴時，有沒有困難，是不是頰黏膜拉得很緊。
- 用手指輕按頸部，吞口水時有沒有異樣的感覺？

- 翻開臉頰及上下唇，檢查口腔黏膜和牙齦，有沒有硬塊？有沒有變色？變白或變紅？有沒有變粗糙？有沒有超過二星期還沒癒合的傷口（潰瘍？）。
- 伸出舌頭左右擺動，看看知覺是否正常？捲起舌頭，看看舌腹、舌緣、口腔底部是否有突起、硬塊或潰瘍？
- 張開嘴巴，發出「啊啊」的聲音，檢查軟顎、硬顎、懸雍垂是否有突起、硬塊及潰瘍？

口腔癌是可預防的癌症，只要能拒嚼檳榔、拒菸禁酒，注意口腔衛生，定期接受牙醫的口腔黏膜檢查，尖銳的蛀牙及破損的假牙，要請牙醫矯正治療，這樣就可預防百分之九十以上的口腔癌。

要勤於自我檢查，早期發現，及時治療，便可大大地提高口腔癌的治癒率。

## 六、檳榔災害的防制——勇拒檳榔，珍愛臺灣

檳榔災害的防制，首先要從教育著手，要教導國小、國中、高中、高職的學生，拒嚼檳榔，因為檳榔對健康的危害很大，容易引起口腔癌，早期嚼

會張不開，無法咀嚼食物，有好吃的東西也不能吃，心裡多難過。到了口腔癌晚期，臉頰潰爛、穿孔，非常醜陋、可怕、難看。為了吃好吃的東西和保持漂亮的面貌，絕對不能嚼食檳榔。

各縣市衛生局、教育局要把檳榔的健康危害，列入健康教育的重點，聘請牙醫師、醫師及護理人員到校演講，再配合口腔癌幻燈片，以加強印象。各地區的扶輪社，也可把檳榔災害的防治列為青少年服務的重點工作。對於不曾嚼食檳榔的人，要教育他們不要嚼食；對已經有嚼食習慣的人，要教導他們戒斷。

嚼食檳榔的戒斷症狀，比菸癮及藥（毒）癮來得輕微，戒斷者會覺得全身疲乏，注意力無法集中，記憶力有時空白、焦慮、沮喪、心神不寧，有時有間歇性的妄想症。

因為戒斷症狀輕微，只要戒斷者意志堅定及獲得朋友及家人的支持和鼓勵，成功的機會很高。

衛生署提供六個戒除秘訣，可供戒食者的參考：

1. 放鬆心情：檳榔癮來的時候，要深呼吸，或舒舒服服的洗個熱水澡以打消嚼檳榔的念頭。

2. 規律的生活：飲食要均衡，魚肉豆蛋奶蔬菜水果都要吃，適度的運動，充分的睡眠，自然精神飽滿，不必靠檳榔提神。
3. 提升形象：嚼食檳榔不雅觀，刷牙漱口去口臭，口氣清香最討好。
4. 遠離誘惑：應酬檳榔少不了，最好不去沒煩惱。出門別看檳榔攤，眼不見來心不煩。
5. 尋求替代：天冷禦寒加衣裳，何必檳榔來保暖。想要動口嚼檳榔，何妨來片口香糖。
6. 增強意願：檳榔價高耗費大，省錢購物當家用。戒除檳榔是明智之舉，開始戒除的前幾天是重要關鍵，雖然不好受，但要用堅定的信心告訴自己：「我決定不吃檳榔！」

除了個人拒嚼檳榔外，公權力也要介入，可分為農業層面及社會層面來探討：

1. 農業層面：
   - 要保育水土資源，並兼顧山坡地農民生計，二〇〇〇年，農委會公告：「山坡地超限利用種植檳榔土地輔導實施造林計畫」，輔導山坡地超限利用土地，限期改正實施造林，以防止良田的流失及土石

流的災變。

2.社會層面：

- 加強檳榔販賣的管理。禁止在娛樂場所、電影院、大眾運輸工具嚼食檳榔或亂吐檳榔渣汁，以維護環境衛生及提升國家形象。
- 要求檳榔業者產品包裝，明顯標明危害健康警語。
- 限制部分檳榔業販售場所的設置，加強取締檳榔攤佔用道路，限制雇用未成年少女，限制女性販賣員穿著暴露。
- 逐步減少或禁止軍營中官兵嚼食檳榔的行為。

這樣多管齊下，臺灣才能真正成為美麗的寶島，人民才會安和樂利，健康快樂。

## 【本文參考書目及文獻】

1.韓良俊：《檳榔的健康危害》，健康世界叢書一四四，一版二刷，臺北市，健康文化事業，二〇〇一年五月。

2. 葛應欽：《檳榔－紅唇族的災難》，洪蘭等著，《平安轉型，迎向未來》，初版、第一一五～一三二頁。臺北市，遠流，二〇〇二年。
3. 國家衛生研究院，論壇，健康促進與疾病預防委員會：第三期文獻回顧研析計畫報告書成果發表會，二〇〇二年十月二十日，臺大醫學院第一〇二講堂。
(1) 鄭景輝：〈嚼食檳榔的健康危害〉（不包括口腔癌及口腔癌前病變）。
(2) 黃振勳：〈嚼食檳榔行為之預防與戒斷〉。
4. 謝玲玲：〈臺灣地區口腔癌分子流行病學研究〉。臺灣預防醫學學會第六屆第二次會員大會暨學術研討會，二〇〇二年十一月十日，臺北國際會議中心二〇二A室。
5. 中華民國防癌協會；《口腔檳榔癌第七版》，臺北，二〇〇〇年六月。
6. 行政院衛生署：《從頭話檳榔》，臺北，一九九七年十二月。
7. 衛生署國民健康局：《關懷口腔健康，拒絕檳榔誘惑》。
8. 衛生署國民健康局：《小兵也可以立大功》（爸爸的健康，我最關心）。
9. 衛生署國民健康局：《勇敢向檳榔說「不」》。
10. 臺北縣衛生局：《我不是紅唇族》。

# ◆婦產科轉診的實務

婦產科開業醫師，因為有門診、接生、開刀，兼具診所和醫院的功能，所以轉診的實務，和一般基層診所是不太一樣的。有時是春和景明、靜影沈璧，有時卻是陰風怒吼、濁浪排空。婦產科轉診依病況的急緩，可分為四大類，即救命的轉診、救難的轉診、科內的轉診和科際的轉診。

## 一、救命的轉診

母子平安是婦產科醫師執業的最高的期待和最重要的原則。但待產接生，千變萬化，隨時都會有狀況發生。一位健康狀況良好的孕婦來待產，孕婦和丈夫及家屬莫不期待母子平安，抱個可愛的寶寶回家，如果發生緊急狀況，危及或損及產婦及胎兒的生命，不但是產婦及家屬的災難，也是醫師及診所的災難。

待產或引產時，忽然發現子宮即將破裂，勢將危及母嬰，因情況危急，

醫師得趕快放下診所的業務，親自送孕婦到母院（馬偕醫院）。轉診途中，醫師娘或護士小姐，已經聯絡好主治醫師，直接由急診室送到開刀房，分秒必爭，經過婦產科和麻醉科團隊的搶救終於母子平安，轉診醫師才鬆了一口氣。

產科出血，如前置胎盤，胎盤早期剝離，或植入性胎盤，剖腹產時，抱出新生兒後，在剝離胎盤時，忽然血流如注，產婦瀕臨休克，醫師一方面壓迫止血，一方面盡速縫合，再轉送母院，到達緊急室時，產婦已呈休克狀態，急送開刀房，經過科內主治醫師的搶救，切除子宮，快速止血，並經大量輸血，救回一命。

這就是救命的轉診，不但救產婦、新生兒的生命，也是救開業醫師的生命。因為診療發生在診所內，萬一產婦死了，開業醫師災難便開始了，有時要面臨追殺，也將經歷苦難的醫療糾紛及負擔不起的索賠金額。

救命的轉診，因為太急迫了，通常都沒經過轉診服務處。

## 二、救難的轉診

孕產婦面臨存亡危急的急症，如子宮外孕、產科大出血，包括前置胎

盤、胎盤早期剝離等，因為患者的急難在轉診前就發現了，患者還沒住院，醫師還沒介入治療工作。當然還是親自緊急送患者到母院急診，醫師娘或護士小姐趕快打電話到母院向主治醫師求救。經過主治醫師的搶救，母子平安，家屬非常感激，開業醫師也非常快樂，因為經過自己的努力，終於挽救了患者的生命，也頓覺醫師是很有尊嚴的職業。

萬一患者在急救過程中死亡了，或在緊急開刀中逝世了，家屬也會認為醫師盡力了。開業醫師心裡雖然難過，但不會有大難臨頭的感覺。

如果孕產婦從自己的病房或開刀房轉診到母院，經母院的主治醫師搶救成功，救回病患，則開業醫師的感受是劫後餘生，萬一搶救失敗，則大難臨頭矣！

同一情況，兩樣心情，如人飲水，冷暖自知。

救難的轉診，因為太緊急了，所以也沒經過轉診中心。

## 三、科內的轉診

開業婦產科醫師，要轉診患者給母院的主治醫師，非常方便。轉診以次專科為主，譬如：高危險妊娠、婦癌、婦女泌尿、不孕症及產前遺傳診斷，都能得到母院主治醫師妥善的診療及照顧。

轉診的方法以打電話、寫名片最常使用。遇到不曾到馬偕醫院，不知怎樣掛號的患者，就寫轉診單讓患者帶到轉診中心服務臺，馬上得到轉診小姐周到而親切的服務，帶患者去掛號，帶患者去就診，一星期後就能得到轉診回函。

## 四、科際轉診

婦產科醫師在診療患者的過程中，常會發現一些內科或外科及皮膚科的疾病，如糖尿病、甲狀腺疾病、肝脾腫瘤等，都會介紹給母院的內科、外科及皮膚科次專科的醫師，大都寫轉診單經轉診中心，也都能得到轉診回函，病患都能得到妥善的診療及照顧。

轉診最多的是新生兒科，新生兒科的專家應用最新的醫療知識及科技，急救了新生兒，使新生兒健康地存活下來，也在無形中，減少了許多醫療糾紛。

產褥期及更年期憂鬱症，轉診到母院的精神科，使這些婦女的生活由黑白變為彩色。母院各科的轉診，提供了婦產科開業醫師許多助力，使開業生

涯平靜無波。

## 五、結語

馬偕醫院婦產科每年望年會（年終尾牙聚會），都會邀請開業醫師參加。婦產科開業醫師聯誼會每年也會舉辦迎新會。使科內的主治醫師、住院醫師和開業醫師互相認識，所以重大急症都能獲得科內主治醫師的助力，化干戈為玉帛，互動良好，轉診順暢。

門診的轉診，也都以電話或名片為多，所以轉診服務中心對婦產科的轉診資料很少。雖然如此，婦產科的轉診實際上很多。

雙向轉診，以救難的轉診及門診的轉診較多，因為病患心存感激，都會回到開業醫師的門診。救命的轉診，回診到開業醫師的很少，因為患者是從開業醫師的病房或開刀房轉出，都會以為開業醫師有醫療上的缺失或能力有限，所以通常會留在馬偕醫院婦產科，長久的跟隨救命的主治醫師，這種心情是可以理解的。

# ◆「青少年生育保健親善門診」

## 一、關懷、接納、協助與重建

教育部自一九九七年三月七日成立「教育部兩性平等教育委員會」以來，積極推動各級學校兩性教育（含性教育），加強青少年正確性教育的宣導，提升國民兩性相互尊重的態度。

國民健康局在一九九五年及二〇〇〇年的調查顯示，臺灣的高中職、五專在校男生性行為的發生率從一〇·四％增加到一三·九％，女生由六·七％增加到一〇·四％。

此外，有二七％的男生，三四％的女生，在性行為時未採取避孕措施。根據二〇〇四年行政院衛生署高中、高職學生的調查，男生有二一·三％及女生有二一％的性行為發生率。

內政部的統計，二〇〇四年臺灣地區十五～十九歲未成年少女生育率為

一〇‰，約有七六〇九位未成年少女生育。

前臺北市婦幼醫院院長江千代醫師估計，每五位懷孕的青少女，只有一人會生下小孩，其餘八〇%的青少女會選擇人工流產。

由於未成年未婚懷孕生子，普遍得不到家庭及社會的接納，因此經常出現少女未婚懷孕，在公廁產子或是垃圾桶發現嬰兒的不幸事情，使當事人在生命的歷程中留下陰影。

要維持青少年的身心健康，青少年生育保健服務需要作特別設計。世界衛生組織，有鑒於此，提出設立「青少年生育保健親善門診」（friendly reproductive health clinic for youth）的準則，供各國參考。

歐美各國重視青少年生育保健需求，都會設立特別的服務體系。

荷蘭政府對青少年不但提供生育保健服務給付，而且還根據世界衛生組織所訂青少年生育保健親善門診的準則，於全國設立七個青少年生育保健中心，提供青少年避孕服務、事後避孕丸、懷孕及性病檢驗、不孕症處理及性侵害諮詢。

結果荷蘭是全世界青少女意外懷孕最少，人工流產最少的國家。

婦幼衛生協會積極配合政府政策設立「青少年生育保健親善門診」，加

強青少年諮詢、輔導，並協助青少女及其家長共同解決不預期的懷孕。邀請二家婦產科診所及二家設有青少年保健門診之醫院，成立「青少年生育保健親善門診」。

「青少年生育保健親善門診」的理念及構想，是要設立獨立的候診室，顧及「隱密」需求，讓青少年卸下心防，尋求正規管道求診，而要這門診成為青少年喜愛的單位，提升青少年接受生育保健服務的意願。青少年從預約到看診都是單一作業，不會和其他的病人接觸。在門診諮詢和檢查時，確實做到保障隱私。國民健康局及婦幼衛生協會並率團到日本、香港參觀研究，回國後積極籌建裝潢，徵求Logo，於二〇〇五年十二月十四日在國民健康局會議室舉行開幕式，並召開記者會，向媒體報導「青少年生育保健親善門診」，正式運作。

「親善門診」除規畫獨立且隱密的就診空間外，也安排專業的諮詢師、醫師，提供詳盡的醫學資訊。

我們尊重個人選擇及謹守保密原則，為青少年提供有關性和生殖健康的輔導和醫療服務，並協助他們了解性的意義，享有被尊重的權利及對性採取負責任的態度。

「青少年生育保健親善門診」，是以提供諮詢為首要目標，個案有緊急避孕需求時也會比照衛生局，提供三號口服避孕藥，藥費只需三十五元；若須人工流產，未成年人在現行法律下，必須通知監護人，諮詢員會協助與家長溝通。

## 二、團隊正式啟動

二〇〇五年十二月十四日陳文龍婦產科診所、陳建銘婦產科診所、亞東醫院、義大醫院已經掛上諧音為「青少年幸福就好」的「Teen's幸福九號」門診標誌，開始接受預約。

「Teen's 幸福九號」、「幸福就好」、「幸福久久」的「青少年生育保健親善門診」，服務的重點有以下五點：

1. 提供兩性交往諮詢，約會有如就學，要十階三原則。
2. 提供各種避孕方法及諮詢。
3. 提供事後緊急避孕的服務。
4. 提供終止初期妊娠的服務。
5. 提供青少年生長發育過程中，各種醫學問題的諮詢，如經痛、月經不順、性病等等。

## 三、衛教：約會有如就學，要循序漸進

男女交往十階段三原則

### 1. 兩性約會十階

男女約會，可分為十個階段，這十個階段是循序漸進，由上而下的。這十個階段雖然不一定段落分明，間距相等，但由什麼階段要進展到那個階段，都要雙方同意，心甘情願才行，任何一方都不能強迫對方跳級或踰越。

(1)約會時，只能談天、散散步，不時會有眼神的接觸及情意的展現。

(2)約會時，可以拉拉手，仍然以散步、談天為主。

(3)約會時，由手牽手，進而摟摟腰。

(4)約會時，由摟摟腰，慢慢散步到樹叢中，屋簷下沒人看到的地方，開始吻對方的手、對方的唇，更進而擁吻在一起。

(5)約會時，不但擁吻，開始愛撫對方的身體，但是避開生殖器的愛撫。

(6)約會時，已能由接吻、愛撫，進而深吻並撫摸女性的乳房。

(7)約會時，已由撫摸乳房進展到吮吸乳房及乳頭。

(8)約會時，不只是男方撫摸女性乳房及生殖器官，女性也開始撫摸男性的生殖器官。

(9)約會時，互相撫摸已無法滿足彼此間的需要，已在尋找隱密的場所，如旅館或臥室，以便裸體擁吻進而口交。

(10)約會時，需求漸增，由裸體擁吻、口交進而性交。

青少年男女，因為在求學階段或步入職場，還不合適結婚，所以在約會十階中最好只到二階，無愛無性的時光，是最快樂最無憂無慮的歲月。手牽手、散散步、說些傻話、看晴空白雲、聽蟲叫鳥鳴，多美好的歲月。

大專學生或剛大專畢業的職場新鮮人，因為不是很快就可結婚，約會時最好在十階以前，最多不超過八階。有愛無性的甜蜜歲月，是女性一生中最快樂的時光，雲淡月圓，風花雪月，甜蜜的愛意，深沈的思念。

一旦跨過這個門檻，發生性行為，則捕風捉影的年代已經結束，接著而來的是真刀實槍的現實生活，每次碰面，就急著尋找隱密的場所，一番恩愛之後，就要擔心懷孕的問題，那裡有閒功夫談情說愛。聰明的女性朋友，不要使甜美的時光，輕易地流失。

男女雙方，開始約會後，一定要有充分的溝通，共同的認識，只要女方堅持要在約會二階，男方不能強迫對方超越到約會六階，這樣做就是不尊重女性的身體自主權，是犯法的行為。

## 2. 兩性交往A、B、C三原則

(1)拒絕性誘惑（Abstain）：
心動，不一定要馬上行動，
因為，真愛值得等待。

(2)忠實性伴侶（Be-faithful）：
性不性有關係，做不做要慎思，
若發生性行為，採忠實性伴侶。

(3)全程使用保險套（Condom）：
正確的使用保險套，不僅可以避免懷孕，還能預防感染性傳染病。

## 四、理想：全人完整的性教育

## 五、工作現況：

1. 延後青少年婚前性行為（初級預防）

⑴「青少年生育保健親善門診」（幸福九號第一站，陳文龍婦產科診所），和板橋扶輪社、新埔社區醫療群、社後社區發展委員會、臺灣婦幼衛生協會、臺北縣立醫院、臺北縣衛生局及教育局合作，到社區、學校及社團推廣性教育。強調沒有性行為的戀愛歲月，是女性一生中最快樂的時光，延後婚前性行為是男女青年共同的責任。到目前為止（二〇〇七年三月十日），我們一共到五所國中、一所高中、二所技術學院及七個社團演講，推廣性教育。

⑵自二〇〇五年十二月十四日開始門診以來，共有電話諮詢二五六人次，平均每月十五至二十人次。

諮詢內容如表：

|  |  |
|---|---|
| 1. 避孕方法的選擇 | 一二六人次，男八六人次，女四〇人次。 |
| 2. 事後緊急避孕 | 八〇人次，男六五人次，女一五人次。 |
| 3. 美服錠（Ru486） | 三〇人次，男二二人次，女八人次。 |
| 4. 人工流產 | 二〇人次，男一三人次，女七人次。 |

2. **避孕方法的推廣（次級預防）**

(1) 避孕藥的使用共七十八次，全都是劑量輕，服用後不會嘔吐，兼具避孕、調經及治療青春痘療效的種類，如欣定爾、樂婷錠及莉芙錠等。

(2) 保險套的使用九十六人次。

(3) 事後緊急避孕（晨間丸）八十二人次。

3. **參級預防：**

(1) 懷孕：懷孕總人數三十七人次。

| | | |
|---|---|---|
| 1. | 足月安產人數 | 三 |
| 2. | 人工流產人數 | 二六 |
| a. | 美服錠（Ru486）人數 | 一九 |
| b. | 真空吸引人數 | 七 |
| 3. | 失聯人數 | 八 |

(2)接受心理諮詢人數十七人次

| 年齡 | 十五 | 十六 | 十七 | 十八 | 十九 | 二十 | 二十二 | 二十三 | 二十六 |
|---|---|---|---|---|---|---|---|---|---|
| 人次 | 3 | 4 | 2 | 2 | 2 | 1 | 1 | 1 | 1 |

(3)感染性病人數一人

為尖頭濕疣，俗稱菜花，接受電燒治療。

人類乳突病毒陽性。

# ◆家庭接生

民國六十五年十一月初，睡到半夜，有人來醫院按急診鈴，一位四十歲左右的莊稼漢很著急地說：「先生（醫師），我太太快生了，請趕快跟我來。」

我和一位護生急忙帶著急產包，騎腳踏車跟著走。經過幾條凹凸不平的田間道路，來到產婦家。

產婦躺在一堆厚厚的稻草上，稻草堆上鋪著一層塑膠布，產婦是第三胎，育有一男一女，陣痛很強，子宮頸口已經開了三指半，胎音正常，等了一個多小時，產婦平安地生出了一位健康的男嬰，丈夫非常高興塞了一個紅包（分娩費）給護士，我吩咐丈夫幫太太按下腹部（子宮）一個多小時，如果沒出血，就可讓產婦休息。

回程時晨光微露，我和護士騎著腳踏車，呼吸著新鮮的空氣，愉快地回到醫院。

分娩時，地上鋪著厚厚的稻草，以預防急產時新生兒顱內出血，這是祖先遺留下來的智慧。家庭接生由產婦的丈夫依自己的能力包個紅包給助產士或醫師，因為是喜事，雙方都樂意接受，不會計較。但如果到醫院來分娩，則依政府訂定的價格，由家屬交給護士。

四十幾年前的台灣民間，都知道分娩是件很危險的事，所以民間就流傳著一句俚語：「生得過，就燒酒雞肉香，生不過，就剩下四個棺材板。」

四、五十前台灣的產婦及新生兒的死亡率都很高，有位前輩告訴我，有一次他到偏遠的鄉下幫產婦接生，發生產後出血，他手握產婦的手，眼看著產婦的生命慢慢地流失。醫藥不發達，交通也不方便（牛車），後送大醫院一定來不及。他接生後踏出產婦的家門，家屬都含淚跪地感謝。前輩接生一萬多個新生兒，無論順產或難產，從沒有發生過醫療糾紛。順產時，產婦家屬會送來麻油燒酒雞香，難產時，家屬常會含淚跪地感謝。

從出生、成長、結婚、懷孕、分娩、避孕，停經等女性一生中重要階段的醫療照顧，都託付在醫師的手上。許多不能和父母、丈夫談的事，她都和你談。所以婦產科醫師不但要醫治病患的疾病，拯救患者的生命，還要尊重患者的隱私，使患者身心靈都能得到平安。

但生命現象千變萬化，到了妊娠末期及分娩時，變數很多，即使在第一流的教學醫院，使用最尖端的儀器，也會發生不可預測的結果。

當醫師向病患說：「一切正常，絕對沒問題！」時，能不謹慎小心嗎？

救護車送來一位臉孔蒼白的婦女，腹部劇痛，有便意感，月經已經過期三週了，血壓幾乎量不到。醫師馬上停止一切門診的工作，穿刺抽出十五西西不凝固的血，於是立刻準備緊急手術，打留置靜脈針、輸血、麻醉，打開腹腔找出子宮外孕的部位，止血、切除、縫合。不到一個小時，救回一條人命。救回一位婦女，等於救了一個家庭。

醫學進步迅速，在超音波、內視鏡、達文西手術及生殖科技研發成功並應用於臨床後，婦產科學的尖端知識一日千里，母親及新生兒的死亡率大幅降低，理應醫病關係更為和諧。其實不然，君不見醫院門前抬棺抗議的家屬，君不見產科醫師被家屬射殺，君不見急診處醫師及護士被家屬毆打羞辱？

我是位品學兼優受過專科訓練的好醫師，我盡心盡力為病患服務，我為什麼要受這種屈辱？難道台灣社會病了？

這使我回想起當實習醫師的時候，在急診室實習，有一群小流氓進來鬧

事，內科總醫師蔡家成前輩脫掉白袍喊著：「誰來單挑？」蔡醫師身材雄偉，氣勢磅礡，便把那群小流氓嚇跑了。

電影《紅鬍子》，也是位資深優秀的醫師，他是劍道及柔道的高手，深受鄉里居民愛戴及尊敬，有一天一群流氓來鬧事，他也是脫掉白袍，把那群流氓打得落花流水。後來他又穿起白袍，把受傷的流氓帶進醫院醫治，使那群流氓折服，不敢在鄉里鬧事。

如果遇到不講理的病患或家屬，我是否也可以脫掉白袍？

# ◆剖腹三代情

民國七十二年五月的清晨，三峽地區一位助產士帶一位難產的產婦來醫院掛急診。產婦三十五歲，第六胎，這次陣痛後到助產士家待產，陣痛三小時後，發現胎位橫位，助產士試著外迴轉矯正胎位，沒有成功，一定要剖腹產才安全。我到急診處檢查產婦後，要護士安排住院開刀，同時連絡麻醉醫師和助手。

台灣婦產科開業醫師，除了看門診外，還要接生、開刀（剖腹產、子宮外孕、卵巢瘤及子宮肌瘤）。醫院只有一個醫師，怎麼能開刀呢？原來台灣的醫療制度都沿襲日本，特別是婦產科開業醫院，遇到需要開刀的時候，要趕快連絡附近教學醫院的麻醉醫師及婦產科的主治醫師出來幫忙。

麻醉科醫師出來一趟，麻醉費三千元，婦產科主治醫師助手費也是三千元，他可以吸收經驗作為將來出來開業的參考。

美國一家婦幼醫院的一位護理督導，特地從美國來觀摩台灣婦產科開業

醫師的開業模式，看門診、接生及開刀的運作方法。

健保以前，政府規定住院開刀，一定要填寫手術同意書及交保證金。產婦是農家媳婦，二、三分田都在公路旁，土地貧脊，收入不敷家用，哪有錢交保證金，全家就坐在急診室掉眼淚。

這時爸爸剛好從公園散步回來，看到一家人因為繳不出保證金而愁眉苦臉。爸爸告訴護士說：「我替她們繳保證金，陳醫師小時候，我們安平漁家都很窮，小孩子生病看醫師時，都欠錢拿藥，等捕到魚有收入時再去還錢。」

我告訴爸爸，不用繳保證金，麻醉醫師和助手快來了，準備開刀吧。

父親常常告訴我，對偏遠地區的病患，要盡量給她們方便。經濟好的患者，可合理的收費，貧窮的病患，要給予減免。沒錢付費的，也要一律給予診治施藥。

剖腹產順完成，母嬰平安。因為產婦實在太窮，開刀住院費全免。產婦已經第六胎了，徵求他們夫婦的同意，在剖腹產時，順便結紮。出院時，太太準備了許多孩子們穿過但還很新的衣服送給他們，這對貧窮夫婦千謝萬謝後回家去。

出院後，護士每天到她家做嬰兒護理，幫嬰兒洗澡，同時幫母親做產後護理，使產婦能得到充分的休息。坐月子期間，經常帶些鐵劑給產婦補血，帶些奶粉補充營養。

過了五、六年，這位婦女帶一位女童來診所看我，向女童說：「小惠，向醫師伯伯鞠躬，是這位醫師伯伯救妳的。」

她告訴我，路邊的旱田變成建地，被建築商買走了。他們把賣地的錢買了兩棟透天厝，因為人口眾多的關係，以前小朋友要睡在地板上，現在每個人都可睡在床上了。他們也在山坡上買了三甲果園，收入比以前穩定，孩子都能上學，謝謝陳醫師的幫忙。

轉瞬間，又過了十幾年，農婦的子女都長大結婚了，每次有嫁喜慶，或生兒育女，她都會送喜餅、紅蛋來。女兒或媳婦也都在我們醫院分娩及健康檢查。不知不覺間，我成了他們一家三代的家庭醫師。

我無意間種了一棵小樹，沒想到十幾年後便長成了一棵大樹，而且枝繁葉茂，綠葉成蔭。

四、五十年前，台灣民風純樸，治安良好，醫病關係單純，無論家庭接生、急產或醫院分娩，只要母嬰平安，大家就都歡天喜地。萬一發生難產，

產婦或嬰兒因故死亡，家屬也會認為醫師盡力了，仍然含淚感謝醫師。

產婦分娩後，護士都會到家幫忙替嬰兒洗澡、嬰兒照顧及產婦護理，一直到臍帶脫落為止。滿月時，家屬會送紅蛋、米糕給護理人員，後來治安變壞，交通事故增多，就請家屬帶新生兒到醫院嬰兒室洗澡及避孕服務。

產婦產後六週，要回醫院做產後檢查及避孕服務，醫病關係仍然很好。那時候產婦都生很多小孩，平均五、六位，最多十二、三位，做母親的非常辛苦，從早忙到晚，有做不完的家事，所以指導家庭計畫很重要，政府的口號是兩個恰恰好，一個不嫌少。

婦女避孕，以裝置子宮內避孕器及保險套為主，避孕器無論樂普或子宮環，一次裝置，可以永久使用，不必更換。

婦女的一生，從出生、成長（少女）、結婚、分娩、避孕及更年期都需要婦產科醫師的照顧，可以說婦女和婦產科醫師情同父母（女醫師）和子女吧！所以說醫者父母心。

# 二、生活小品

# ◆大學生活鱗爪

記得前年，一位醫科畢業生在畢業紀念冊寫著「一年如夢，二年如醉，三四年如臨大敵，五六年如坐針氈，七年如夢初醒，畢業如魚得水。」這幾句話寫得很好，可說是七年醫科教育的生活縮影。我沒到如夢初醒的階段，也還無法領略出如魚得水的滋味，不過在過去的五年中總還留下一點生活的痕跡，也多多少少有所感觸。

剛剛考上臺大時，就像民國初年天足運動中婦女的小腳一樣，一下子就把緊緊裹著的纏腳布解開，當然會有無所適從的感覺。想想高中時代那種死啃死背的鳥籠式的生活，只堪回味，不敢重嚐。在臺灣能夠真正體會到大學生活的，恐怕只有少數的大學吧！成大常常考試，把學生學習的領域侷限在指定的幾本教科書上，學生應付考試都來不及，那有時間去讀自己想讀的書，做自己想做的事。常考試固然能讓學生精讀課文，可是沒有思考訓練的大學生涯將是多麼的貧乏。以考試的手段來逼學生讀書，大概不是頂高明的

方法，而且為大部分學生所厭倦。師大生活管理太嚴，學生個人的生活不能太隨便，不願受人拘束的同學會覺得很苦。而且建築物太擠，沒有充分的空間，使人心胸無法開朗。在臺大，學術思想與個人的生活都享有充分的自由，你不願上的課，一學期可去上二次課，一次是交上課證，一次是參加期末考，考不及格那是你活該倒楣，明年再來。我一位要好的朋友國男君就是這樣，對自己認為有意義的功課很賣力地去鑽研，自己認為「無味」的課，一學期才去二、三次，試看看他的畢業感言就知道「經常逃課，偶爾補考，是一大樂事；偶爾逃課，經常補考，那就可悲了。」個人的生活，可隨自己的意思去處理，除了校慶以外，教官從不干涉。有的同學蚊帳經年常掛，睡覺時鑽進鑽出，很是方便，而且那股氣味只有自己忍受得了，別人當然不會去打擾。有的同學整潔成性，書桌床被整理得井井有條，一塵不染。你愛談天我愛笑，各人自便，誰也妨礙不了誰。

初到臺大，很喜歡看女孩子，尤其是在被看的人不注意時，常一看就十幾分鐘，那種樂趣只有身歷其境的人才能領略得出。大一的植物學實習，我的座位剛好面對校園，窗口常有三五成群的女孩子經過，鶯鶯燕燕，很是可愛，尤其是一位穿淡紫色衣裳的小女孩子，大概是下午三點鐘有課，所以她

差不多每星期五下午二點五十分左右就要經過我視界所管轄的窗口，和綠草藍天相映，非常美麗。因為常看女孩子的原故，實驗總是最後一位做完的，助教還以為我對植物實驗特別認真呢？其實天曉得。大二的心理學是個混合班，由幾個不同的科系合起來上課，女同學特多，最初我也忙亂了一陣子，到後來我就選定了一個固定的目標，慢慢的欣賞，她通常很遲才到教室，喜歡坐最後一排，白白胖胖的像個洋娃娃，笑起來十分動人。我看女孩子沒一點歪心，而且老是遠遠地看，在人家不知不覺時看，就像欣賞一片嫩葉，幾朵百合一樣，這種欣賞態度會使那份美感永不褪色，回味時才能產生清新可口的味道來。有幾回看人看得入神時，險些就被同學識破，我馬上拉長面孔，滿臉的嚴肅，同學不疑有他，還以為是自己多心。

大二、大三我們還不能住進醫學院的宿舍，所以和理工學院的同學住在校總區的第五、六宿舍。那時我們喜歡胡鬧，喜歡幻想。也唯有幸福的人，才能陶醉於幻想，有了幻想，生活才夠詩意。夏天的夜晚，買幾個大西瓜到校園納涼談天，西瓜又不細切，一大塊一大塊地吃得滿嘴瓜漬。吃飽後，打滾的打滾、頂嘴的頂嘴、唱歌的唱歌，臺灣民謠、西洋歌曲、國語歌曲亂唱一通，真是聲音的大雜燴，不堪入耳，聞者莫不退避三舍。在化學館前面，

我們還發現一塊小天地，那兒有幾撮小竹林，成千成萬的螢火蟲穿插其間，螢光閃爍，景致宜人，臺大學生很少知道的。我們這一群特別喜歡在細雨中散步，有一次在雨中攀登圓通寺，野外風很大，我們把臉迎著風，雨絲一層一層地舖在我們的臉上，舒服極了，風聲伴著寺院的鐘聲，使人俗念全消，靈性頓生。

月夜碧潭划船也很有意思，船上點幾支小蠟燭，微風吹拂著燭焰，任憑潭水輕敲著船身，在這夢也似的靜夜裡，我們很少交談，惟恐談話聲破壞了寧靜的氣氛，這段生活雖然輕狂，卻盡是多姿多彩的醉人生活。搬到醫學院宿舍後，功課的負擔太重，年齡也大了一點，氣氛就比較陰沉了，能見得到陽光的日子實在不多。

大一大二是醫預科，學問方面一點心得也沒有，夾在醫學院和理學院之間，就像棄嬰一樣地被推來推去。大三大四專攻基礎醫學，功課很緊，感觸也多。大三人體解剖實習，第一堂踏入實習室時，解剖臺上八具赤裸的屍體霍然躍現眼前，空氣凝重得很，心情也非常沉重，一星期內竟沒有一點胃口。人體解剖和動物實驗不同，眼見同類在自己的解剖刀下一層一層地被剖離，想想幾十年後自己也將化為塵土，對短暫的人生能不索然嘆息！教授當

然體會出我們的感觸，常勸勉我們加倍的努力，說：「因部分人死後的捐屍而換得醫學的不斷進步，以求取更多數人的健康與幸福，實在是一件很有意義的事情。」為了對屍體表示敬意起見，解剖實習時，我們很少談笑。

大四所過的日子最苦，病理、藥理威脅最大，從前考試常期望得高分，到了大四就壯志全消，能安全過關就謝天謝地了，那裡還敢期望考個八十九十的，讀病理時，常讀到深夜，往往分不清白天或晚上，有的讀通宵而在白天上課時大打瞌睡，有的半夜起來磨，一直磨到天亮，形形色色，不一而足。考病理切片最緊張，每次考四片，每片考十五分鐘，在顯微鏡下要診斷出切片屬於何種器官，有何種病變。考完後馬上分組核對，核對當中，就有人淚汗俱下，癱瘓在一旁了。

人體解剖是研究人體的正常構造，通常屍體要在福馬林液浸一年以上才取出解剖。病理解剖是研究疾病發生後人體的病理變化，所以人死了之後要馬上解剖。二者均為醫學研究最重要的基石。

最令我感動的一件事，是羅牧師的捐屍，他生前把福音帶給人們，死後把屍體獻給醫學研究，寫遺書時平靜得很，就像處理其他事務一樣，這種完全的奉獻，這種熱愛人類的熱忱，才稱得上是位真正的上帝使者。走出了病

理解剖室，頓時覺得自己的渺小與無助。

基礎醫學的教授，除了教學外，都能埋首研究，自己不斷的求進步，他們對學生的要求雖嚴，學生一點也不抱怨，因為他們配。讀完了大四，才深深地慶幸自己沒選錯科系。即使在臺大，也有不少的教授整天抱著一本三十年前褪了色的講義在授課，這樣子，學生怎會折服呢？

大四下就開始臨床醫學的實驗，開始正式和病人接觸，開始學習疾病的診斷。內科宋教授的一席話，最發人深省，他說：「當醫生要真正有當醫生的熱忱才行，千萬不要為了賺錢才來學醫，其實專靠敲敲打打又能賺出幾個錢來呢？想賺錢，門路多得很，經商、工廠、企業儘管去吧，人家一天所得就夠你一輩子敲敲打打了。當醫生最大的好處就是在替病人解除病痛後，替病人在病危中挽回生命後所得到的那一份快感。馬太福音說得好，『人若賺得全世界，而賠上自己的生命，有什麼益處呢？人還能拿什麼換生命呢？』醫生以自己的努力和智慧挽救了病人的生命，這份欣慰就是最大的報酬。當醫生要能熱愛人類，世紀老人史懷哲博士就是你們最好的榜樣。」

四下暑假回學校實習，在內科初診看病，每天淨得十元。當時因功力不深，定力不夠，遇到年輕的女病人，聽診時往往聽不清那是心聲，那是肺

音，聽得最清楚的倒是自己的心跳聲，看完病後，往往因緊張過度而汗流浹背。

病房實習雖苦，有時笑料很多，有一位患腦溢血的老太太，每次我去量血壓時，就緊拉著我的手不放，問我：「醫師，您幾歲了，要不要我介紹女朋友？我的大女兒在銀行當會計，老二很會烹調，小三在家專念書，都很漂亮，你要那一位，我介紹給你做朋友。搖什麼頭？哼！嫌我家配不上你是不是？我家女兒到底那點不好，您說說看，您說！」害得在旁照顧她的女兒們氣得直跺腳，說她媽病前很文靜，病後就喜歡亂說話。第二天再去量血壓時，我乾脆告訴她我早已結婚，最大的男孩已八歲，並且到小兒科病房帶一位小男孩過來，她看到小孩，不相信也得相信。最近我轉到外科病房，實習臨走前再去看看她，她稱讚我說，我人很好，怪不得年紀輕輕的就已有個大男孩。跟我同去的黃君，聽到後哭笑不得。馬上轉過頭來跟我扮鬼臉，回寢室後還一直把我當笑柄呢。

醫院可說是一個小型的社會，我們每天接觸到社會各階層的人，增進了不少的生活經驗，對於生、老、病、死的體驗既深且切，私下認為想獻身於社會服務的人，當良醫是最直接的辦法，同學們！勉之！勉之！

# ◆杏林夢・新婚情

一九六七年十一月十一日，我和護理系畢業的黃素英小姐結婚。新郎和新娘的家都在南部，所以結婚後一星期，就在臺大醫院第七講堂二樓的會客室，以茶點款待師長和同學。

慶祝新婚茶點會是由醫七的班代表蘇文博同學籌備的，積極參與的還有護理系第七屆同學蘇美滿及第九屆學妹程韻如和王寶蓮。參加茶點會的賓客，都是自己的同學和太太的同學及學妹。當晚，除了我的論文指導老師陳正言教授的祝福外，全都是同學們的嘻笑喧鬧聲。

新婚時，我是醫科七年級的學生，也是臺大醫院的實習醫師。妻是公共衛生示範中心的護理督導。我住在臺大醫院實習醫師宿舍，她住在臨沂街的公家宿舍，雖然已經結婚，卻分居兩地，很像戀愛中的情侶。誠如泰戈爾在《園丁集》裡所說的：

「手挽著手，凝眸相視，如此開始了我們心聲的記錄。」

那是三月裡的月明之夜，空氣裡飄蕩著指甲花的芬芳馥郁，我的橫笛被遺忘在地上，妳的花環還沒有編好。
妳我之間的這種愛情，單純似一支歌曲。
一些微笑，
一些輕微的羞怯，
還有一些甜蜜而無用的掙扎。
我們所付出的和所獲得已經足夠。
我們不曾歡樂過度，不致從歡樂中榨出痛苦的醇酒。
妳我之間的這種愛情，單純似一支歌曲。」

# 感念（寫於《女兒經》出版刊頭）

謹以此書——《女兒經》
獻給
我的愛妻——黃素英
以往，她盡把一生
最燦爛的年華
優雅的德操
堅毅的愛心
平凡而卓越地投注在
為妻
為母
以及醫院管理上
使我

治學
行醫
寫作
都能全力以赴
而無後顧之憂

陳文龍 敬獻於結婚
廿二週年，一九八九

# ◆回憶——給素英愛妻

當我老到遺忘所有的事情，
也無法回憶時，
我心中仍然只記得妳，
因為妳是我心中的最愛。
當我老到無法記憶時，
妳的愛將永存我心。
碧潭泛舟，
情人谷水井旁的大蓮霧，
師大附近民家淡黃的燈光。
淡黃燈光下的話別，
我們所求不多，
只要一個可愛的家，

在淡黃的燈光下，
和孩子們歡樂地吃晚餐。
在臺大實驗農場的學生宿舍，
上下鋪是我們新婚美麗的回憶。
當我老到無法回憶時，
妳的愛將永存我心。

# ◆李叔同先生二三事

每次寒暑假回安平，容天圻先生和王前鋒同學常到我家談天，一聊就是一整天，有時促膝長談至深夜，往往要等到容媽媽再三的催促才罷。前鋒比我年幼，坦率豪放，感情真摯。天圻兄比我年長，是國畫家，對於國畫的歷史及理論很有研究，著有《庸齋談藝錄》，同時又博覽群書，文學造詣頗深。就這樣，我們三人便成了忘年之交。天圻兄常告訴我們一些清末民初的文人逸事，關於弘一法師李叔同的資料，他收集很多，都很有趣。我相信大家在中小學的音樂課本上對李叔同這名字一定很熟悉，可是知道他生平事蹟的恐怕很少，所以我把聽來的轉告諸位，以饗同好。

## 一、叔同的情詩

李叔同在少年時代，原為一翩翩公子，女友極多，其中最出名的有朱慧白、楊翠喜、金娃娃、謝秋雲。他吟詩作畫，周旋於眾女友之間，舞榭歌

臺，享盡了風花雪月的生活。他作的詩詞極好，細膩而生動，詩詞贈送給女友的極多。他贈送謝秋雲的一首七律詩為：

「風風雨雨憶前塵，悔煞歡場色相因。十日黃花愁見影，一彎眉月懶窺人。冰蠶絲盡心先死，故國天寒夢不春。眼界大千皆淚海，為誰惆悵為誰顰。」

他和金娃娃過從甚密，感情最好，由他填的一闋詞便可知道。

## 高陽臺憶金娃娃

「十日沈愁，一聲杜宇，相思啼上花梢。春隔天涯，劇憐別夢迢遙。前溪芳草經年綠，只風情，辜負良宵。最難拋，門巷依依，暮雨瀟瀟。

而今未改雙眉嫵，只江南春老，紅了櫻桃，成煞迷離，匆匆已過花期。游絲古捥行人駐，奈東風，冷到溪橋，鎮無聊，記取離愁，吹徹瓊簫。」

楊翠喜小姐是清末的名女人，和他也有過一段交情，聽說這段交情，使李叔同的日後生活很受影響，他贈楊翠喜的有菩薩蠻及南浦月二闋詞：

## 菩薩蠻憶楊翠喜

「燕支山上花如雪，燕支山下人如月，額髮翠雲鋪，眉彎淡欲無。夕陽微雨後，葉底秋痕瘦，生小怕言愁，言愁不耐羞。

曉風無力垂楊懶，情長忘卻游絲短，酒醒月痕低，江南杜宇啼。癡魂銷一捻，願作穿花蝶，簾外隔花陰，朝朝香夢沈。」

## 南浦月

「楊柳無情，絲絲化作愁千縷，惺忪如許，縈起心頭緒。誰道銷魂，盡是無憑據，離亭外，一帆風雨，只有人歸去。」

## 二、藝術生涯

李叔同是早期的留日學生，到日本上野美術專校專攻繪畫，又在音樂學校進修音樂。對詩、詞、油畫、音樂、戲劇，都有極深的造詣。他自日本留學回國後，一直從事美術音樂的教育工作，對民初我國的藝術界，影響甚

大。

早在他留學日本時，因對西洋歌劇感到濃厚的興趣，又得到日本名戲劇家藤澮淺二郎的鼓勵和指導，便和一些留日同學成立春柳劇社，先後演出茶花女、黑奴籲天錄、新蝶夢、血簑衣、生相憐等劇。他們第一次演出的是茶花女，李叔同自己扮演女主角，演出十分成功。他刮鬍子，塗脂粉，買女裝，搔首弄姿，演得唯妙唯肖，獲得觀眾的一致好評。他是中國話劇活動的創始人，民國初年話劇活動的蓬勃興盛，他功不可沒。

李叔同是第一位介紹西洋畫入中國的人，又從事美術教育多年，培養了不少人才，才氣橫溢的大漫畫家豐子愷便是他的得意門生。

中國最早的一本音樂雜誌——《音樂小雜誌》便是他創辦的，同時他是介紹西洋音樂（尤其是鋼琴）進入中國的第一人，我國著名的音樂家劉質平也是他的高足。現在中小學生音樂課本中的春遊曲：「春風吹面薄如紗，春人妝束淡如畫，遊春人在花中行，萬花飛舞春人下。梨花淡白菜花黃，柳花委地芥花香，鶯啼陌上人歸去，花外疏鐘送夕陽。」；憶兒時「春去秋來，歲月如流，遊子傷飄泊。回憶兒時，家居嬉戲，光景宛如昨。……」以及「長亭外，古道邊，芳草碧連天，晚風拂柳笛聲殘，夕陽山外山。……」等

等，都是他所作的歌曲。

## 三、一代高僧

李叔同早年過盡了風花雪月的生活，廝磨金粉，後來承擔了種種悲歡離合與生死榮枯的感受，了悟人生的無常，所以出家學佛，遂由公子哥兒一變而為苦行和尚。他出家時，把所有書籍、照片、圖畫都送給豐子愷和劉質平。出家後苦修不已，遂為一代高僧，和太虛和尚、虛雲和尚及印光法師合成中國近百年來佛教界的四大高僧，著了許多關於律宗的書，對佛教律宗具有極大的貢獻。

李叔同出家後，法名弘一法師，光緒六年（一八八〇）生於天津，於一九四二年病逝於泉州，享年六十三歲。

# ◆詩詞中之生活情趣

我讀新約，給我啟示最大的要算馬太福音第十六章二十六節：「人若賺得全世界，賠上自己的生命，有什麼益處呢？人還能拿什麼來換取生命呢？」我常認為把人類有限的生命浪費在追求名利上，是很不值得的。拚命的鑽營求利，或勾心鬥角，諂媚權貴，以求取功名，一天到晚忙得什麼似的，到了晚年，才頓覺萬事皆空，後悔自己在一生中不曾真正抓住點真實的自我，那又何苦呢？古人說：「一分榮辱一分憂，名利英雄有日休。」我們應該好好地珍惜自己的生命，我們要把握住機會，緊捉住些屬於自己的東西，才不至於枉費此生。

在生命裡面，自然界是一種奇異的東西，假如一個人能懂得去喜愛自然，享受自然，他應該是世界上最幸福的人了。在各色各樣的人裡頭，以小女孩子和詩人最懂得自然了。小女孩子以靈性去領悟自然：微風的低吟，林葉的顫慄，溪流的幽咽，碎石的夢囈，都能激動她們的心靈，使她們發出由

衷的讚嘆；一片雲、一陣風、一角藍、一點靜，都能引發她們的遐想；山青、草綠、鶯啼、水流，會使她們高興得大跳歡叫。

詩人以悟性來感受自然，所以他們往往能在微妙的自然界中玩得盡興，甚至玩到忘我的境地，讓我們看看李白到羅敷潭的郊遊是怎樣的玩法：「行歌入谷口，路盡無人躋。攀崖度絕壑，弄水尋迴溪。雲從石上起，客到花間迷。淹留未盡興，日落群峰西。」只有像他這種玩法的人，才配到水中撈月，才配如此詩意化地結束自己的生命。詞人李清照年輕時是位天真浪漫，貪玩好吃的女孩子，她常玩得頭昏腦脹，玩得忘了時間，試看她的一闋〈如夢令〉就可知道她是如何的貪玩了：「常記溪亭日暮，沈醉不知歸路。興盡晚回舟，誤入藕花深處。爭渡，爭渡，驚起一灘鷗鷺。」趁年輕時捉住機會狠狠地玩幾年，要玩就要玩得自然，玩得盡興。

剛考上臺大時，都不敢邀請同學來安平玩，小心眼兒裡常以為那種破舊的漁家茅屋，實在招待不起他們，直到細細地體味了杜甫所作的〈客至〉後，觀念才改變過來。他寫道：「舍南舍北皆春水，但見群鷗日日來。花徑不曾緣客掃，蓬門今始為君開。盤飧市遠無兼味，樽酒家貧祇舊醅。肯與鄰翁相對飲，隔籬呼取盡餘杯。」我的朋友想來就來，家裡從不曾特意地為他

們準備佳餚美酒，自海裡捕捉來的魚蝦、螃蟹和蚌蛤家裡有的是，您想吃多少就有多少，庭園裡有棵大桑樹，也種了幾株葡萄，每年釀有桑椹酒一兩罈，葡萄酒四、五瓶，想喝的朋友也可來幾杯。加以漁家不拘小節，橫臥直坐悉聽尊便，同學們來時常在家裡高談闊論，大吵大鬧，嘴裏盡講些「阿里不達」的話（閩南語，亂七八糟的意思），大家都在講，並沒有誰在聽。客人享受充分的自由，有賓至如歸的感覺，主人也不覺得增加負擔，賓主盡歡。爸媽很高興，同學和我也都高興，我想人生的樂事莫過於此了。

活了這一大把年紀，假如還要板著面孔說：「學業未成，何以女友為？」，那根本是欺人之談，不但想女友，甚至是在渴望著。國風周南的關雎三章在精神上給了我很大的支持力量，使我一點也沒有罪惡感。它不但說男孩子想女孩是天經地義的事，甚至還教我們如何去追女友，如何來取得她的歡心，追到之後，要如何才能保持優雅而愉快的感情生活。不信的話，有詩為證：

「關關雎鳩，在河之洲；窈窕淑女，君子好逑。」

「參差荇菜，左右流之，窈窕淑女，寤寐求之。求之不得，寤寐思服。悠哉，悠哉，輾轉反側。」「參差荇菜，左右采之，窈窕淑女，琴瑟友

之。」「參差荇菜，左右芼之，窈窕淑女，鐘鼓樂之。」

甜蜜而愉快的戀愛生活及婚後恬靜而和諧的夫婦生活，對自己來說，要比豐功偉業更令人嚮往得多。愛情並沒有地位、時間和地域的區別，現代的人追求愛情，古時候的人也追求愛情，平民能陶醉在愛情的濁醪中，帝王亦能徜徉在那充滿了青春歡笑和浪漫氣息的伊甸園裡。庶民可為愛而殉情，學者還不是一樣在「幾次細思量」後，還是「情願相思苦」，愛情不朽，詩亦不朽，「情詩是寫不完的，因為情人還沒愛過，詩人還沒有寫夠。」（余光中語）

從前有個不識字的女人，寫了一封信給她在外縣做事的先生，她先生打開信一看，裡頭沒有一個字，盡塗些圈兒，這封沒有字的情書傳到詩人的手裡，就成為日後婦孺皆知的畫個圈兒詞：「欲寫情書，我可不識字，煩個人兒使不得，無奈何畫幾個圈圈為表記，此封書，惟有情人知此情，單圈是奴家，雙圈是你，訴不盡的苦，一溜圈兒圈到底。」——清，王廷紹，《霓裳續譜》。

唐玄宗和楊貴妃在華清池，在沈香亭北和昭陽殿，為了避免太監的干

擾，他們在夜半無人的時候，偷偷地溜到長生殿約會，因為他們感情濃郁。貴妃死後，唐玄宗才能無視於六宮粉黛，而朝朝暮暮的思念她。試看「蜀江水碧蜀山青，聖主朝朝暮暮情。行宮見月傷心色，夜雨聞鈴腸斷聲。」「夕殿螢飛思悄然，孤燈挑盡未成眠。遲遲鐘鼓初長夜，耿耿星河欲曙天。鴛鴦瓦冷霜華重，翡翠衾寒誰與共？」這是何等的哀怨！何等的悲戚！

李後主也是一個天生的情種，他和小周后在書堂南邊的幽會情景，真不知羨煞了多少人。他在〈菩薩蠻〉裡寫道：「花明月暗飛輕霧，今宵好向郎邊去。衩襪步香階，手提金縷鞋。畫堂南畔見，一向偎人顫。奴為出來難，教君恣意憐。」祇要我們一閉上眼睛，便不難看到在一個月色朦朧，輕霧迷漫的夜晚，一位體態婀娜的女孩子，手提著鞋子，輕悄悄地走去赴約，些微的顫抖，恣意的憐愛，可真叫人意亂而情迷了。

李清照和趙明誠，也是天生的一對情種，由李清照的〈減字木蘭花〉裡：「賣花擔上，買得一枝春欲放。淚點輕勻，猶帶彤霞曉露痕。怕郎猜道，奴面不如花面好，雲鬢斜簪，徒要教郎比並看。」我們可輕易地領悟到這位善於撒嬌的才女，是如何地在織那濃密的情網，來牢牢地拴住她先生的心了。

元代大畫家趙子昂，有一次想討小老婆，不好意思向太太說，便寫了一闋詞給他的太太管仲姬，他的詞這樣寫道：「我為學士，你做夫人，豈不聞王學士有桃葉桃根，蘇學士有朝雲、暮雲。我便多聚幾個吳姬越女無過分，妳年紀已過四旬，只管占住玉堂春。」他的太太看了便也做了一首詞回答他：「我儂兩個，忒煞情多，譬如將塊泥兒，捏一個你，塑一個我。忽然歡喜啊！將他來都打破，重新下水，再團，再鍊，再調和，再捏一個你，再塑一個我，那其間我身子裡也有了你，你的身子裡也有了我。」趙子昂看了夫人的詞，自愧情薄，再不好意思提納妾的事兒了。

舊時婚姻，是憑父母之命，媒妁之言而定親的，男女雙方彼此並不認識，親是定了，便自然生起憶念之情。胡適之博士在定了親之後，便三番二次的想跑去江家看江冬秀小姐，他的二闋〈如夢令〉便是在這種情形下填的：「她把門兒深掩，不肯出來相見。難道不關情？怕是因情生怨。休怨！休怨！他日憑君發遣。」「幾次曾看小像，幾次傳書來往。見見又何妨？休做女孩兒相。凝想，凝想，想是這般模樣。」婚後一年，他想起婚前舊事，於是又填了一首：「天上風吹雲破，月照我們兩個。問你去年時，為甚閉門深躲？誰躲？誰躲？那是去年的我。」一九二〇年十二月十七日是胡適的生

日，也是胡夫人的陰曆生日，他寫了一首新詩送給她，名為〈我們的雙生日〉：「她干涉我病裡看書，常說『你又不要命了！』我們常常這樣吵嘴，每回吵過也就好了，今天是我們的雙生日，我們訂約今天不許吵了，我可忍不住要做一首生日詩，她喊道：『哼！又做什麼詩了？』要不是我搶的快，這首詩早被她撕了。」彌篤雙情，躍然紙上。

把男女之間的情感意境寫得最生動、最優雅、最美麗的，要算是泰戈爾詩集中的《園丁集》之第十六首。人的一生中如能幸運地找到一位靈性高，悟力強的異性伴侶，塵世間的功名利祿算得了什麼？難怪溫莎公爵要不愛江山愛美人啦。世界上像溫莎公爵如此可愛的男人實在太少了，不然世界上就不至於這樣被渲染得俗不可耐了。

《園丁集》第十六首是這樣寫的：

「手挽著手，凝眸相視，如此開始了我們心聲的記錄。

那是三月裡的月明之夜；空氣裡飄蕩著指甲花的芬芳馥郁，我的橫笛被遺忘在地上，妳的花環還沒有編好。

妳我之間的這種愛情，單純似一支歌曲。

妳的鬱金色的面紗使我兩眼迷醉。妳為我編的素馨花環像讚美詞似的使

我意亂神迷。那是一種欲予故奪，欲露而故藏的遊戲，一些微笑，一些輕微的羞怯，還有一些甜蜜而無用的掙扎。

妳我之間的這種感情，單純似一支歌曲。

我們並不離棄一切語言而走入永遠緘默的歧途，我們並不向空虛伸手，去探求超乎希望的事物。我們所付出的和所獲得的已經足夠。我們不曾歡樂過度，不致從歡樂中榨出痛苦的醇酒。

妳我之間的這種感情，單純似一支歌曲。」

# ◆勤儉奮勉二十年

光復以來的婦產科開業醫師，雖名為診所，它的功能卻介於診所和醫院之間。一星期有六天半的門診，每天從上午九時到晚上十時是門診時間。門診以外，接生開刀都得自己來。如果每天門診數為一百五十名，每月的接生數為一百名，開刀次數為十次的話，由一位醫師單獨來做，每天的工作時間必在十二小時以上，工作量等於公立醫院醫師的三至五倍。

這樣夜以繼日的工作，我並不覺得苦，也不敢喊苦。如果您的爸爸七十幾歲了，還必須在寒風烈日下出海捕魚，您的工作算苦嗎？如果您的兄弟，必須天天鑽入地層，讓煤屑和汗水浸透他們赤裸的身體，您不心酸嗎？如果您的父母，天天浸在「冷酸酸」的田水裡，收入還不足以果腹，您的工作量算重嗎？

二十幾年前，《青杏》刊出了一篇沒有肛門的人，學長們以公共衛生的立場，來調查研究並探討沒有廁所的家庭，對飲食健康的影響。還有一篇是

調查全家六、七口人同睡一張床，對學童心理健康的影響。公共衛生的學術研討，卻是部分同學家居生活的寫照，能不切膚刻骨、心中泣血？這樣貧困的生活，要等政府來改善，究竟要等到那一年？

貧漁、貧農及礦工兒女們，不要怕苦，也不要怨天尤人，要改善生活，為什麼不自己來呢？而開業則是紓貧解困唯一的途徑。背負著整個家族的生活，真是任重而道遠。經由自己拚命的作，您會看到整個家庭，甚至整個家族的生活，慢慢提升了。鄉親們會以您的模式做為他們訓勉子女的榜樣。所以勤儉奮勉，不但會使經濟生活改善，更是心靈生活的昇華。

## 自費衛生所

內人黃素英，是母校護理系第七屆畢業生，她專長於公共衛生護理，特別是婦幼衛生，所以把在當年由公共衛生教學示範中心學到的東西，應用到我們自己的診所來。重視衛教，是我們診所的特色。所以我們是沒有政府津貼的自費衛生所。

這種免費或象徵性收費的婦幼衛生工作，不但沒有把診所的經費拖垮，相反的，因為民眾覺得這家醫院比較正派，所以第一線的醫療工作都會找我

們。醫院能繼續維持十幾年，全靠太太協助苦心經營。

凡社區的農會、婦女會、學校、扶輪社等團體，任何時間邀請我演講，我從不推辭。健康教育本來就是開業醫師份內的工作，經由不斷地參與，您才能被地方人士所接納，慢慢地成為地方上的一分子。

我把學生時代和住院醫師時期所發表的一些文章，陸續匯集成冊，分別在臺灣商務印書館、臺灣書局和迅雷出版社出版了七本書，以前是煮字療飢，開業以後，變成供學童及孕婦參考最方便的衛教書籍，我們還訂了健康世界及當代醫學雜誌社出版的書，做為衛教的工具之一。

我在臺大做完一年的小兒科基礎訓練後，便申請到馬偕醫院接受婦產科專業訓練。當時被尊稱為馬偕四君子的吳震春、陳庵君、藍中基和李慶安大夫，都是母校的前輩。他們對後學者不但給予專業知識和技術的傳授，並且言教身教，在醫療工作中充分表現基督的愛心。不但診治患者的病，還關心患者、在乎患者的感受。耳濡目染，對我日後的診療態度，發生深遠的影響。我到板橋開業，就是李大夫介紹的，開業後的實際業務，都能得到他的熱心指導和幫助。

## 常懷感謝心

我從不做自己能力範圍以外的診療工作，遇到婦產科困難的個案，或其他科別的疾病，就按照自己的初步診斷，介紹到臺大就醫。這些患者都能得到母校師長、同學及年輕校友的妥善處理和照顧，特此深致謝意。希望自己的診所，能成為「臺大醫院板橋醫療站」，做最完善的轉診。

開業是真刀實槍的第一線醫療行為，和當地的人際關係非常重要。承蒙前輩張天憐和蔡錫堯大夫的指導和引進，使我參加板橋扶輪社，參與了板橋的地方建設。和地方人士有了共識後，不必要的誤會及醫療糾紛自會減少。

母親常訓誡我說：「兒啊！我們家有一口飯吃，全靠臺大、馬偕及板橋師長們的教導和幫助，你要心存感謝啊！」

# 一劍光寒東門街

一九八三年，因為接生數不斷地增加，原有的病房不敷使用，便買下隔壁的房子，擴充整建，二年後完工。

私人開業的婦產科診所，無論設備和人員，都趕不上教學醫院。為了產婦母子的安全，每個夜晚，我必親自到產房及待產室查房，才能安心休息。

那時候臺灣的治安已經亮起紅燈，強盜搶劫、小偷私闖民宅以及殺人放火的事，時有所聞。許多開業同仁，為了子女的安全，紛紛移民，避居海外。

幸好，強盜小偷，很少使用鎗砲彈藥，他們最常使用的是武士刀和開山刀。

我的診所在板橋市東門街，是四層樓建築。一樓門診，二樓是產房、開刀房和病房，三樓是住家，四樓是孩子們的運動場和健身房，屋頂是個小小的空中花園。左鄰右舍都是旅館。

一九八六年一月二十日的深夜，我照例下樓查房。剛打開房門，「唰」的一聲巨響，一隻「山貓」迅速地穿過客廳，經過廚房，穿破紗窗，逃往中庭。匆促間打翻了客廳中的一張紅木椅，因而發出巨響。我不疑有他，當時我們居家附近有二、三隻野貓，常趁夜晚侵入廚房覓食，司空見慣，不值得大驚小怪。

我穿過客廳，要到廚房喝杯熱牛奶，腳下忽然踏到一支木劍，這支木劍是一九八一年，全家到日月潭旅遊買的紀念品，平時收藏在客人房間的衣櫃裡，怎麼會跑到客廳來？頓時提高警覺，手握木劍，打開電燈，檢視客廳和廚房，發現紗窗破了個大洞，有個壯漢躲在中庭三樓的遮雨蓋上、大鐵窗下。這個小偷無處可逃，因為上面有牢固的鐵窗，從三樓向下跳，不死亦重傷。他要逃跑，一定要再進入廚房和客廳，所以一定和我會短兵相見，肉搏廝殺。

我要盡全力保護太太及孩子們的安全。因此，悄悄退回臥室，告訴太太，小偷已經闖入情況十分危急，要她趕快打電話報警，同時把子女們帶到主臥房，關緊門窗，無論發生任何情況，聽到任何聲音，均不得開門。

抱定壯烈犧牲，慷慨赴義的心情，重回廚房。

守在廚房的門口，總覺有點心寒，於是默念「風蕭蕭兮易水寒，壯士一去兮不復返。」來壯壯膽，同時提高悲壯的氣氛。雙手緊握木劍，從小時候看過的日本武俠片中的丹下佐膳、宮本武藏及小次郎的招式，一直舞到荒江女俠、神鵰俠侶等中國小說中的中國功夫。但覺刀光劍影，虎虎生風。

躲在中庭三樓屋緣上的小偷，面朝牆壁蹲踞著，所以他看不清楚廚房裡的一切。但他一定感覺到學過劍道及中國功夫的男主人，正擺好架式，等他過招，而心生膽怯。

大約二十分鐘光景，有六位武裝警察趕到，危機馬上解除。那時候我雙手仍緊握住木劍，汗流浹背，僵硬地靠在牆角上，呈虛脫狀態。

這是不戰而屈人之兵，不血濺百步而捉住小偷的整個歷程。外界傳聞，醫師以精湛的武術力擒搶匪，是誇張不實的報導。

因為我沒學過劍道，小偷也並非搶匪，我們並沒有發生格鬥。如果小偷變成搶匪，以武士刀刺殺我，我必定會拚命以木劍抵擋，後果將不堪設想。

小偷是年輕的鐵窗工人，身體矯健，動作敏捷。他白天投宿在左鄰的旅館，深夜再翻牆進入我們家。先到客人房間翻箱倒櫃，但只搜括到幾百元。警察作筆錄時，我放他一馬，說沒被偷走任何東西。依私闖民宅、行竊未遂

罪判刑半年。如果我說他已經偷了幾百元，則行竊罪成立，將判一年以上徒刑。

十年來，雖然沒人來報恩，至少沒人再來行竊或找麻煩。我放他一馬，是希望年輕的生命改過向善。

我要求左鄰的旅館主人裝鐵窗，建鐵欄杆，以防堵投宿的客人輕易翻牆。但他只輕描淡寫的說：「陳醫師您好功夫。」等風涼話。為了安全理由，我只好自己花錢幫左鄰裝鐵窗，作鐵欄杆。右舍的旅館主人，憑職業良心，自動裝起鐵窗及鐵欄杆。由此可知，好鄰居是多麼重要。

為了自衛，大兒子在醫學院勤練劍道，初段已過，二段在望。每天清晨，我必手持木劍，在屋頂的花園舞劍。因為四周都是高樓大廈，我要以行動告訴左鄰右舍，醫院的主人聞雞起舞，不可輕舉妄動。十年來，雖沒有再擒兇的機會，卻也達到了健身的目的，這實在是件意外的收穫。

# ◆我的憂心與不安

## 一

一九八〇年，經醫學前輩張天憐大夫及蔡錫堯大夫的推薦，進入板橋扶輪社，到現在已經整整十七年了。一九九七年七月一日至一九九八年六月三十日輪到我當社長。扶輪社社長是依年資輪流擔任，是權利，也是義務和責任，不容推辭。當了社長，交際應酬非常多，以一位忙碌的婦產科開業醫師來當社長，確實有許多不便之處。

十一月二十三日（星期日），一位友社社友杜先生的建設公司開張，我參加了他們的晚宴。杜先生和謝先生都是扶輪社社友，是我認識多年的朋友，兩家是鄰居，又是事業夥伴，十年前，兩人投資開設一家頗具規模的建設公司，杜、謝二人年齡相近，子女也頗友好。晚宴中，環顧四周，謝家沒一人到場，頗令我吃驚。

杜家長子，能說善道，很會交際，政大政治系畢業，嘴很甜，遇到我和內人時，總會高興的打招呼：「陳伯伯好！陳媽媽好！陳媽媽越來越年輕漂亮了。」

謝家兒子，木訥寡言，勤奮好學，遇到我們時只會微笑點頭，從沒主動交談。臺大電機系畢業。他的女朋友麗慧，溫柔體貼，清純和藹，扶輪社的社友都說他們是金童玉女，很「速配」的一對。

十二月二十二日（星期一），謝太太到診所來影印她的病歷及子女預防注射的資料。他們要移民到美國，謝家少爺要到麻省理工學院深造。

我順便提起杜家晚宴的事，謝太太好像是被烈火引爆的汽油槽，一發不可收拾。

「認識杜家，是我們謝家十幾年來不幸的禍源。兩家合資的建設公司，被杜家五鬼搬運，已經掏空所有的資金，積欠了龐大的債務，半年前已結束營業了。不到半年，杜家竟又開創了一家更大的建設公司，這些資金哪裡來，大家心知肚明。」

「這是一個邪惡的家庭，家人充滿罪孽。他們是群披著羊皮的惡狼。」

「最可恨的是杜家惡少，看我們麗慧秀外慧中，竟然天天到公司送花送

禮，還要接送。麗慧雖然拒絕，但亦不堪其擾，所以我們要趕快移民，帶源德和麗慧到美國，完成終身大事。」

「我對杜家抗議，他們說好女孩人人可追，人人可搶，無論是否已經成為人家的女友或太太，只要我喜歡，有什麼不可以。」

「這不是惡魔陳進興的論調嗎？只要他的獸慾湧起，就隨意強暴民女。這是人能安心住得下去的地方嗎？」

謝太太離去後，留給診所滿屋子的疑惑、憂慮與不安。這麼亮麗的家庭，多麼高尚的社團，又都是受過高等教育的知識分子，高收入的精英，竟然會發生這種事。

## 二

社會服務及社會關懷是扶輪精神及扶輪工作的重點。最近幾年，板橋扶輪社和臺北縣家扶中心合作，關懷家庭暴力，提供協助、輔導受虐兒童、婦女及老人。家庭暴力包括兒童虐待、婚姻暴力及老人棄養。

從前忙於醫療業務，躲在象牙塔，整天忙著看診、接生和開刀，自以為已深入民間，了解民間疾苦。接辦家庭暴力的關懷工作以後，才知道自己太

膚淺了。

我們採訪了一位兇暴的父親，把兒子倒吊起，用木棍打斷了兒子的肋骨，打破了兒子的脾臟，還禁止鄰居將兒子送醫。

我們訪視了一個少婦，被丈夫捆綁鞭打，遍體鱗傷。婚前苦苦追求，送花獻詩，婚後百般凌虐。

我們拜訪了一位體弱多病的老婦，她終生不嫁，只為栽培弟妹成器。她竭盡所能讓弟妹完成高等教育、有好的職業，各自成家，生活美滿幸福。但每個家庭都嫌老太婆嘮叨礙事，各有一大堆理由推辭，使老婦人孤零零地獨自過著清苦無依的生活。

陪我們訪視的，都是些剛畢業不久的公衛護士及社工人員，常常訪視人員和受訪者哭成一團。這群年輕的小姐從不相信人世間竟然有這樣悲慘的事，從她們的淚眼裡，又激起了我一陣陣的憂慮與不安。

## 三

三十年前，我在《王子月刊》發表《克敵記》，這是國民小學的課外讀物，告訴小朋友預防注射的重要，在健康狀況良好的時候打預防針，就可預

防傳染病的感染，是維持身體健康免於疾病最重要的工作。

一九七七年迅雷出版社收集出版，一九九五年七月，由中華民國預防醫學學會出版修訂本，現在是國民小學預防注射的重要課外讀物之一，也算是對國小學生的健教，略盡棉薄。

最近一年來著手編寫《降魔記》，這是社會及心靈預防針，是寫給剛步出校門的社會新鮮人看的。

現在的年輕人，在家庭、學校及教會的保護傘下，對現實社會及人生的真相知道太少，一旦踏入社會，對人對事太沒戒心，對社會的罪惡及人生的醜陋缺乏免疫力，常常一踏入社會，就被淘汰，或被過度的污染。

這一劑「社會及心靈的預防針」，可能會誘發短暫的紅腫熱痛，甚至嘔吐發燒，但必定會產生有用的抗體，使他們健康勇敢的面對現實社會。

世界上有史懷哲博士及德蕾莎修女等聖賢，但也有陳進興、高天民等惡魔。芸芸眾生既不是聖賢，也不是惡魔。我們要把人世間的真相和人性的弱點呈現給青年朋友們，使他們冷靜的看清世事，了解自己。面對人生的起起落落，及社會上的不公不義，能泰然處理，而不反應過度。能應用智慧，化解人生的各種挫折，那麼幸福美滿的人生是可以預期的。

# ◆歲月三十——畢業三十週年感言

三十年歲月，使健步如飛的登山好手，在攀登七星山主峰後，汗流浹背。

三十年歲月，使一口氣能游蛙式五千公尺的翻江龍，游不到一百公尺，就氣喘如牛。

三十年歲月，使身高從一七三公分降低到一六九公分、體重六十三公斤增加到七十二公斤、腰圍八〇公分增加到一一〇公分。滿頭烏黑的亂髮變得雪花片片。

三十年來，育有二男一女，家庭人口增加了一倍半，從二口增加到五口。

三十年歲月，使一位貧窮的漁家子弟，擁有了自己的住家和診所。零與一之間，差距是無限大，但一與億之間，差距卻只有一億倍。蝸牛沒有殼，不但危險，而且沒有尊嚴。

「願建華廈千萬間，贈與天下寒士，使天下寒士盡歡顏。」變成少年時代永遠沒法落實的夢想。

三十年歲月，使原來的同學變成老師，卻還不一定聽得懂他的演講。

三十年來，同學有如兄弟，互相扶持，同舟共濟。希望三十年後，大家還能聚首，笑談天下事。

# ◆父與子

——我的大兒子陳子健醫師，現在是馬偕醫院婦產科資深的婦產科腫瘤專家，各種婦科手術，不但能用傳統的方法開刀，更進一步能用最新的腹腔手術及達文西手術（機械手）開刀，所以婦女的子宮肌瘤、卵巢瘤及子宮頸癌、子宮內膜癌及卵巢癌都開得很好、很完美。

他又帶職進修，經過漫長九年的苦讀，終於在二〇一六年拿到博士學位。

在此提供大家來分享身為父母的快樂。

大兒子一九九八年在馬偕醫院當婦產科總醫師，隔年七月，無論升任主治醫師或離開教學醫院自己開業，都必須要獨立作業，要慢慢離開能遮風避雨的師長和父母。

2016.6.13 陳文龍醫師與公子醫學博士陳子健醫師合影於業典禮會場

面對多變的醫病關係及複雜的社會環境，要怎麼樣自處，怎樣應變，才能屹立不搖，成為社會上有用的醫療專業人員，實在是件值得深思的事。開業三十年，對人生應該有些領悟，現在推薦給兒子，作為立身處事參考吧！

黃連苦，貧窮更苦，出身在貧窮漁家的我，親身體驗了家徒四壁、囊空如洗的窘狀。勤儉奮勉三十年，終於掙脫了貧窮，步入小康。由貧窮步入小康，不但有安全感而且心中充滿恬靜幸福的感覺。我並不期望後代子孫能飛黃騰達、大富大貴，但要後代子孫有快樂幸福的居家生活、有健康的身體、有專長的職業，夫妻子女要有良好的溝通、要互相體諒、互相扶持。家永遠是子女最想回來的地方，家永遠是子女求助的理想場所。

後代子孫，一定要「遠離賭場及毒品」，才能避開沉淪與罪惡，以維持一個安定幸福的家庭。

「永不作保」。任何事業都有風險，作親戚朋友的保證人，將來遇到風險時，不但親情友情毀於一旦，自己及家人都要受連累。「永不作保」可當作我們傳家的家訓。

「救急不救窮」。親戚朋友有急難，我們要盡力幫助他，使他們度過危

機。借錢給親戚朋友，要量力而為。錢借出去要當作錢送出去，不期待討回。萬一借出去的錢還回來，就會有失而復得的喜悅。

親戚朋友要創業或擴展事業，應該向銀行貸款。借錢給親戚朋友創業或擴展事業，不但錢常常要不回來，而且會失去這個朋友的友誼，或是斷了那個親戚的親情，不可不慎。因為各種事業都有風險的，而且風險常是事出意外，不是親戚朋友所能掌握的，如果他們存心欺詐，那就更加不堪。

有了以上的體認，自己又有婦產科專業素養，加上本來就有的小康經濟，就可傳之久遠，永不匱乏。將來子女養育及教育經費，必定充裕，不會有後顧之憂。

結婚靠緣分，結婚的對象當然要看對眼會來電。但光看對眼會來電還是不夠，一定要誠心誠意地去追求。一生的伴侶，值得你下功夫去猛追。

含飴弄孫—人生夫復何夫

你已三十歲，也當了總醫師，但仍然沒有女朋友，媽媽心裡很著急，適婚年齡就該結婚，該負的重擔不容迴避。結婚生子，承先啟後，才是男子漢大丈夫。太晚婚，常會擔心不能親自看到子女成家立業。

戀愛是甜蜜而富幻想的，是風花雪月、詩情畫意而不切實際；而結婚則是真刀實槍的夫妻生活，是瑣碎、平淡而枯燥的家庭生活，是柴米油鹽的現實生活。婚姻生活的美滿、家庭生活的快樂，是靠夫妻雙方不斷的努力，不斷地經營而獲得的。

婚姻是夫妻共同生活的開始，也是兩個家庭，其至是二個家族姻親關係的開始。為了營造幸福的家庭生活，夫妻雙方都要放棄一部分自我，相忍謀國（家庭），互相扶持，如果堅持保有完整的自我，那就不應該結婚。

有了婚姻關係，就會有金錢的來往。夫妻有孝

陳文龍醫師全家福

敬及供養雙父母的責任，也有養育及教育雙方弟妹的義務。但對雙方的親長及兄妹，不要有大筆金錢的來往，特別是超過自己能力範圍的金錢來往，這樣才能維持和諧而親密的親情，大筆金錢的來往，常常會招致兄弟反目、親戚失和。

舉個簡單例子，太太的弟弟要姊夫將房子抵押貸款，來提供他創業的資金，這種事千萬使不得。我在扶輪社最喜歡唱的一首歌，也是一首聖詩是《愛的真諦》：「愛是恆久忍耐又有恩慈……，凡事包容、凡事相信、凡事盼望，……愛是永不止息！」希望將來你們的夫妻生活也能像這樣子。

很多年輕醫師，對前輩師長的態度很冷漠，他們敬畏的，都是握有實權，能影響他們升遷的長官。反觀我們的師長，對他們的老師都很尊敬，遇到老師，一定起立鞠躬。老師經過餐桌或宴席時，一定站起來表示敬意。

前輩師長傳授我們開刀的技巧，教導我們專業知識，指導我們醫病之間的溝通方法，使我們一生受用不盡，所以對師長，我們要一輩子尊敬他、感謝他。

醫師很像牧師或神父，是介於神和人之間的一種聖職。剖開腹壁，人體的奧秘盡收眼底，所以開刀時要懷著敬畏的心，謹慎細心地完成手術。借用

神的智慧，解除病患的傷痛。

身為婦產科醫師，有時婦女會告訴我們一些她私人極端隱秘的私事，就像信徒向神父告解一樣，這些秘密一旦曝光，對婦女的婚姻及家庭，都有極大的殺傷力。所以醫師要像神父一樣，嚴守病患的秘密，尊重病患的隱私權。

醫學進步迅速，在超音波、內視鏡及生殖科技研發成功並應用於臨床後，婦產科學的尖端知識，一日千里，身為婦產科醫師，應該熟悉這些專業知識。

踏入醫界，就註定要終身學習，不但要專，而且要博，除了婦產科的專業知識外，對於內、外、兒科等的進展，也要時時關心。醫學以外的領域、社會的脈動、政治的警覺、經濟的消長、文學藝術的欣賞，也要時時關注和參與，使自己在行醫生涯中，時時散發出人文的氣息。

陳文龍醫師與陳子健醫師

# ◆老幹新枝，世代交替

一九七〇年七月，我到馬偕醫院婦產科服務，編寫《孕婦護理學》，做為孕、產婦衛生教育的材料。轉眼間，已經二十多年，整整一個世代了。二十多年來，醫學科學突飛猛進，特別是產科學，更是一日千里，日新又新。

超音波掃描儀器的發明，使婦產科醫師多了一隻眼睛——科學眼。從懷孕到分娩的整個過程，利用超音波來觀察，真是一目了然。

懷孕六週就可看受精卵，八週就可看到胎兒的心跳，十二週就可看到胎兒的頭、手、腳、心臟等各部位，這是二十年前產科醫師夢想不到的事。胎兒還沒出生前，利用超音波掃描，可以在懷孕七個月，甚至五個月，就可清楚地看出胎兒的性別，而且對母親及胎兒毫無傷害，這是多麼奇妙的呀！

懷孕初期，動了胎氣，發生先兆性流產的現象，利用超音波掃描，看看

妊娠囊是否完整、看看有沒有心跳，就可準確地研判胚胎是否為萎縮性受精卵，以決定安胎是否有意義。如果是萎縮性受精卵，則及早施行子宮內容刮除術，以預防孕婦的出血及停止毫無意義的安胎。

胎位不正、雙胞胎、多胞胎及葡萄胎，在常規產前檢查就可發現。許多胎兒畸形如無腦兒等，在懷孕三、四個月就可利用超音波看得清清楚楚。有個超音波，使產科醫師如獲天助，幫助孕婦愉快地度過妊娠期，分娩出健康可愛的新生兒。

由於遺傳學、分子生物學及產前診斷學的發展，使許多遺傳疾病，在嬰兒時期，甚至早至懷孕初期，就可診斷出來，這就是「產前遺傳診斷及新生兒篩檢」。

唐氏症（俗稱蒙古症）等染色體遺傳疾病及海洋性貧血等疾病，在懷孕八週到十週，可利用絨毛膜取樣術，或等到懷孕十六週到十八週，採取羊膜腔穿刺術，都可準確的診斷出來。早期診斷，在胚胎或胎兒尚未發展成一個生命之前，及時中止，許多家庭及社會悲劇，便不會發生。

但先端科技的污染，也會造成許多家庭悲劇。為了生兒子或女兒，利用絨毛生檢，在妊娠八週時測試，結果造成了許多斷腳或斷手的截肢畸形，成

了新生兒及父母永遠的痛。所以衛生署通令各醫療機構，絨毛生檢，是為了診斷遺傳疾病。如果只是為知道男女，而採用絨毛膜取樣術，則是不當的醫療行為，為衛生署所禁止。

由於人類生殖生理的研究，有了突破性的進展，再加上腹腔鏡、陰道鏡及超音波掃描儀的廣泛使用，使不孕症的治療，進入了一個新的紀元。試管嬰兒及吉福特嬰兒的誕生，使不孕夫婦的家庭生活，充滿了歡樂。

一九九三年六月，大兒子陳子健臺北醫學院醫學系畢業，他品學兼優，做事認真，對病患很有愛心，對醫療工作非常投入，所以榮獲一九九三年度馬偕醫院績優實習醫師獎。將來努力不懈，精益求精，必成良醫。

外國許多醫學、科學及藝術的著作，經過第二代、第三代的修訂，而更完美。希望子健不但要肩負繁重的醫療工作，還要負起修訂《孕婦護理學》的重任，使《孕婦護理學》能更新完善，更符合孕婦的需求，成為每個家庭的常備醫學書籍。

太太黃素英，臺大護理系畢業，是專業公共衛生護理人員，對孕產婦的護理，提供了許多寶貴的意見。女兒陳慧怡，臺大復健系畢業，她出國深造前，對孕產婦的日常活動，以其職能治療師的眼光，提出了實際可行而又非

常重要的建議，使孕產婦日常活動更安全更舒服。小兒子陳子威，雖然還只是牙醫學系的學生，但對孕產婦的牙齒保健，也有獨到的見解，使孕婦分娩後，乃能保有健美的好牙齒。

全家人的參與，使《孕婦護理學》更完整更實用。老幹伴著新枝，整棵樹便生趣盎然了。

（本文原刊載於《孕婦護理學》，臺灣商務印書館出版，一九九三年六月，臺灣，臺北。）

# ◆太極拳與健康

太極拳是一種身心放鬆的運動，是一種具有韻律感的有氧運動，以雙腳移動來維持身體對空間的平衡感。運動過程採深呼吸的腹式呼吸法。太極拳強調穩定律動、注意力集中、體重轉移、肌肉放鬆和呼吸調控。

練太極拳，每週超過三小時，持續三年，在承受重力的脊椎、近端股骨和股骨大轉子的骨質密度，都增加七%以上。

太極拳中，單腳站立、彎曲身體等動作，可以增強肌肉的力量，尤其是下肢的肌肉，可改善膝關節和踝關節的本體感覺，使中老年人動作更為靈活而不易跌倒。由此可知，打太極拳可以從多方面來預防骨折的發生。

打太極拳，能更有效率的使用換氣量，使心肺功能明顯的提升，增大肺活量及身體的柔軟度。

因為太極拳是一種放鬆身心的運動，所以對神經衰弱、高血壓、氣喘、失眠、胃潰瘍等疾病，都有很大的輔助療效。

練習太極拳的人，有較佳的柔軟度，較強的肌力及心智思考的能力。醫學統計報告指出，打太極拳的人，比較不會罹患動脈硬化症，骨質疏鬆症及脊椎損傷。練習太極拳的人，有較好的平衡感，比較不會跌倒骨折。

打太極拳可以提供放鬆壓力的技巧，可以縮短心肌梗塞及關節炎的恢復期。

練習太極拳比較不會作噩夢，有較強的情緒管理的能力，心裡比較健康、性情比較柔和，所以夫妻感情更好，家庭更和樂。在職場和同事相處更融洽。

打太極拳可以增加寧靜健康的感覺。中老年人打太極拳，有股舒適的感覺，並且能完全沉醉在運動當中。

練習太極拳最大的好處是可以提升生活的品質。經由運動健身，讓生命個體減少殘障，增加對疾病的抵抗力，而達到自我實現的目的。

**【誌謝】：**

二年前（二〇〇五年），感謝葉文德醫師前輩夫婦及李淑貞師姐的推薦介紹，讓我進入了一個真善美的世界，從此開拓了我的生活領域，使生活更健康、更完美。

感謝陳淳禮老師及師母的接納、指導與愛護。

張宏毅師兄是陳淳禮老師指派教我的太極拳教練。二年來風雨無阻，張師兄不嫌我笨手笨腳，認真細心的指導我。每天的推手，不但健身，且可暢談天下事。張師兄睿智，見多識廣，不但是我太極拳的教練，他和夫人是我們家的良師益友。謝謝張師兄和夫人。

陳淳禮老師是真善美的導師，是領導者。張宏毅、張求和周進發三位是教練，是真善美的推手，竭盡所能地推動真善美各項活動和事務，所有的拳友都非常尊敬和感謝他們三位。

張求師兄將我寫的健康讀物《家庭醫學漫談》和《現代婦女醫學》分發給每一位拳友，不辭辛勞，謝謝張求師兄。

練習太極拳時，周進發師兄常靜悄悄地站在我旁邊，喊招式及作示範動

作，讓我非常感動。

楊秀珠師姐送我許多的文學書和音樂CD，使我的診所充滿著優雅柔和的音樂，護理人員和病友都受到薰陶，楊老師，謝謝您。

真善美的許多師兄師姐，經常指導我、幫助我，使我感受到真善美大家庭的快樂和溫暖，謝謝您們。

## ◆獻身健教三十年

小時候最大的願望是當老師，「當老師」對一位窮苦的漁家子弟，實在是個遙不可及的夢想。

為了圓「當老師」的夢，從醫學生開始，到畢業服預備軍官役、當住院醫師、開業，一直到現在，三十年來，不斷地投稿、寫書、演講。把艱深的醫學理論，用淺顯易懂的通俗話表達出來，讓聽的人聽得懂，看的人看得清楚。

學生時代是為了生活，當家教的報酬每個月只有五百元，不夠生活的花費。因此，利用課餘的時間，收集文獻寫稿，以稿費來補貼生活。

住院醫師寫稿是為了社會參與及健康教育。寫稿已經不在乎稿費，而在乎發表。

開業以後，投稿、出書及演講，在於回饋社會。演講時，自己買書送給聽眾。出書時，自己花錢向出版社買書，再轉贈全省各大圖書館。

一九六七年，應教育廳兒童讀物編輯委員會之邀，編寫《怎樣急救》《外科三要事（開刀房裡的故事）》二本書，為國民小學高年級健康教育課外讀物。一九九五年三月，出版修訂本，並購贈全國各小學，每所小學各一本。

這二本書的稿費每本三千元，二本共六千元，是當時家教一年的總和。對醫學生的我，幫助極大。感恩圖報，三十年後購贈各小學也是應該的。《孕婦護理學》是為孕婦寫的一本書，從懷孕、分娩到育嬰所經常遭遇到的問題，都有翔實的描寫。一九七一年由臺灣商務印書館出版，一九九三年出版修訂本，並購贈全國各大圖書館及各縣市鎮圖書館。

大學三年級上寄生蟲學，黃文賢教授雖然是本省人，國語卻講得非常流暢。他教授寄生蟲學，上下古今，旁徵博引，十分生動。他講「毛蟹和肺蛭病」「魚生和中華肝蛭病」，都和我們安平漁村息息相關。我開始閱讀文獻，收集資料，寒暑假回家，就講給鄰居的小朋友聽，希望他們養成良好的衛生習慣，然後寫成文章，發表在中央日報家庭版。如此五、六年，收集三、四十篇文章，於一九七二年由臺灣商務印書館出版《家庭醫學漫談》。一九九三年出版修訂本，並購贈全國各大圖書館、各縣市圖書館及各國中、

高中、大學圖書館。

懷念美國水牛城的瑞雪紛飛。一九七三年我到美國進修一年。常年居住在亞熱帶的臺灣，看到水牛城滿天飄著雪花，非常感動，趕快抓一把放進嘴裡，非常甜美。

在希斯特斯醫院婦產科服務的那一年，太太和孩子們都留在臺灣。隻身在冰天雪地裡生活一年，空餘的時間較多。出國前，我曾經在臺大醫院小兒科當過一年住院醫師，對「少女醫學」深感興趣，就以霍夫曼教授寫的《嬰幼兒少女婦產科學》為藍本，閱讀文獻，收集資料，寫成臺灣版的《少女醫學》。回國後交給臺灣商務印書館，一九七五年出版。該書於一九九三年出版修訂本，並購贈全國各大圖書館、各縣市鎮圖書館及各國中、高中、大學圖書館。

《王子月刊》一定陪伴著許多朋友歡度快樂的童年吧！一九六八年我奉派到岡山空軍醫院當一年預備軍官。根據當時臺灣預防注射的現況，把各種傳染病的故事，歷代醫學家的研究，以及預防注射的發明，用說故事的方式，生動地描寫出來，按月在《王子月刊》連載。

感謝「迅雷出版社」林今開先生的用心，把這些故事收集成冊，於一九

七七年出版《克敵記（預防注射的故事）》，作為各國民小學健康教育的課外讀物。一九九五年七月，由中華民國預防醫學學會出版修訂本，並購贈全國各大圖書館及各小學。

開業醫師的診療工作，最重要的是醫師和病患之間的溝通。溝通良好，醫療糾紛自然減少。由於病患對病況的充分了解，而願意和醫師配合，所以合併症減少，病患能迅速地康復。

但繁忙的診療工作，實在沒時間讓醫師和病患能充分的溝通。所以我就把婦產科常見的疾病，將病因、療程及病患應注意的事項，發表在各報章雜誌，以推廣健康教育。一九七九年收集十幾年來的文章，交給迅雷出版社出版《現代婦女醫學》。出版後深獲讀者喜愛，共出版了十幾版。一九九五年三月，再由中華民國預防醫學學會出版修訂本，並購贈全國各大圖書館。

一九八九年，由迅雷出版社出版《女兒經》。該書於一九九五年四月，由中華民國預防醫學學會出版修訂本，並購贈全國各縣市衛生局、衛生所，作為產前遺傳診斷、新生兒篩檢及子宮內避孕裝置的健康教育讀物。

除了寫稿出書外，又製作「生命的孕育」「成長的喜悅」「兩性之間的困惑」「誰憐畸零人」「征服小兒痲痺」「人類特徵的遺傳」「遺傳與疾

病」「孕產婦常見疾病的發現與處理」「婦產科臨床病理」「愛裡藏刀——談性與病」「春蝶再生」「春蝶翩翩」「為何膝下猶虛？」「子宮頸癌的防治」「隱藏在乳房裡的危機」「醫療性騷擾的預防」「變調的樂曲」等二十幾個專題，並製作各專題精美幻燈片，到市公所、農會、婦女會、國小及扶輪社等社團演講，以推廣健康教育。

以現在的醫療環境，想要經由行醫致富已經是不可能了。但醫師畢竟是收入穩定、生活不虞匱乏的專業人員。除了全力投入診療工作外，如果行有餘力，家裡有魚塭的，可供鄉民垂釣；有櫻花園的，可供村民玩賞，當然可酌收維持費；熱心衛生教育的，可深入民間宣導。這樣醫師不但是人民健康的守護神，也是人群裡的鹽，社會上的光。

# ◆慈雲悠悠

父親決定讓我繼續讀書，是我小學三年級的暑假。夏天是漁閒的時候，大海裡捕不到魚，只好以小竹筏在鹽水溪裡撈些小魚小蝦，當作佐食的菜餚，以減少家庭的開支。

四十幾年前鹽水溪的溪水非常清澈。父親在竹筏的前端撒網，我在竹筏的末端撐杆，這等於是掌舵的工作，操控竹筏的速度和方向。

我撐著竹竿朝著前面的一群游魚逼進，父親用力撒下手網。我因力道不足，方向感欠佳，竹筏的方向發生偏差，手網裡只撈了幾條小魚。父親朝我走來，拉起我的手。當時我非常緊張，準備接受處罰，父親卻說：「這麼柔軟的手掌，幹不了粗活，你好好地用功，我會盡力讓你讀書。」

從小學到高中，我常胃痛。高一上學期的一天早上，胃痛加劇，母親怕我吃便當傷胃，特地燉了一碗熱稀飯，讓父親帶到學校。當時雨下得很大，從安平乘臺南客運到臺南西門站，要再走半小時才能到達臺南一中。

大雨滂沱中，父親身穿蓑衣，頭戴斗笠，站在禮堂旁邊的走廊下。我喝著稀飯，感受著多少慈愛，多少關懷，心裡下定決心，一定要把書讀好。

行醫多年，每次到偏遠的漁村醫療服務時，一看到穿簑衣戴斗笠的漁民，心裡就很激動，似乎又看到了當年父親的慈顏。

大學七年，每次寒暑假快結束時，就得整理行李北上。我的行李都是父親捆綁的。父親用拇指粗的漁繩，將行李捆得扎扎實實，就像用魚網網住行李似的，既安全又可靠。父親常說，「做人就像捆行李一樣，要實實在在才好。」

畢業典禮，父親特地從安平趕來參加。我陪他們在臺大校園拍照，爸爸愉快而滿足地望著寬闊的椰林大道，微笑地拍著我的肩膀說：「窮人要翻身，只有靠讀書。我們全家族只栽培你一個人讀大學，將來當醫生有餘力時，一定要懂得回饋，要栽培兄弟姊妹的子女讀大學。如果更寬裕，就要幫助家族及鄉里的子弟升學讀書。」

服完兵役回臺大醫院當小兒科住院醫師，月薪一千五百元，太太在臺大護理系當助教，月薪三千五百元。每月要付房租二千元，子健（大兒子）的奶粉錢一千元，剩下的二千元伙食家用費，實在清苦。爸爸看在眼裡，就常

在漁忙的時候，回安平捕魚。漁港的守衛對爸爸說：「老阿伯，兒子當醫生賺大錢，您卡好命啦，怎麼七十歲啦，還出海捕魚呢？」爸爸回答說：「我兒子醫學院畢業，現在當醫師學徒，要再等四年才能養家活口。」

為了將來從事婦幼保健工作，第二年申請到馬偕醫院婦產科服務，月薪增加到六千多元。經濟寬裕了，夫婦的收入可以維持家居生活，七十歲的爸爸不必再出海捕魚，便和媽媽全心全力在家照顧子健和慧怡（女兒）。

將孩子們養得白白胖胖的，是祖父祖母最大的快樂。子健和慧怡嬰幼兒時期都白胖可愛，爸爸、媽媽清晨推嬰兒車到臺大校園散步，傍晚則到師大圖書館前的花園乘涼。一路上許多太太小姐都稱讚說：「老阿公、老阿媽，您們很會照顧孩子，您們的孫子都長得好胖好可愛。」老人家聽了，心裡非常高興，很有成就感。

太太卻有意見了，因為醫學報告，在嬰幼兒時期及青春期，如果過度餵食，一旦長胖了，就很難再瘦下去。所以實施計畫飲食，餵奶的時間餵奶，其他時間餵開水。爸爸、媽媽很不高興，時有爭執，十幾年後，慧怡上了大學，長得亭亭玉立，身材修長。爸爸讚嘆說：「還是讀書人懂得多，看得遠。」

一九七二年，我離開了馬偕醫院，到板橋開業。有一天中午，將近一點，爸爸從外面回來，看到一位婦女和門診的護士發生爭執。原來門診的時間已過了，護士要她等到下午三點看下午的門診。這位患者說，她是從很遠的地方趕公車來，碰到塞車，所以才遲了一步。如果等到下午看門診，便來不及回去煮晚飯。

爸爸說，沒關係，他要上去叫陳醫師下來看。護士小姐起先不肯，嘟著嘴說：「先生公，陳醫師需要休息，從早到晚不停的看病、接生、開刀，鐵打的身體也受不了。」爸爸不高興的說：「漁家的孩子，這點小苦不算什麼。」我當然趕快下樓診治病患，很快解除了這一場爭端。事後父親訓誡我，對偏遠地區的病患，要盡量給她們方便。經濟好的患者，可合理的收費，貧窮的病患，要給予減免。沒錢付費的，也要一律給予診治施藥。

冬天替孩子們洗澡，是我們家的一件大事。那是孩子們讀幼稚園、小學的時候，放學回家，太太趕快準備洗澡水，我幫他們脫衣服，接著夫婦二人合力幫孩子們洗澡。爸爸、媽媽在客廳裡烘熱衣服和大毛巾。洗完澡，媽媽幫孩子穿上又溫暖又乾燥的衣服，爸爸用大毛巾擦乾孩子們的頭髮。孩子們回想起祖父用大毛巾擦頭髮時的感覺說：「那種感覺真好，好溫暖好舒服

呀！」

小三子威滿月的時候，我們剛搬到板橋，爸爸從菜市場買了二個白帶魚的大魚頭，先用水煮熟後，再拿針把魚肉挑乾淨，然後把魚頭的骨一片一片地拆下來，再細心地重新組合，成品竟然是一隻栩栩如生的白鶴。他把二隻白鶴放在咖啡櫃裡，非常好看。

白鶴的旁邊，是一株朱紅的珊瑚樹。這株珊瑚樹是爸爸到深海釣紅魚時釣到的。白鶴映紅樹，鮮豔無比。

第二年春天，爸爸從安平採了一大堆桑葚果，大約有十幾斤，每斤桑葚加一斤砂糖，慢慢地熬成美味可口的果漿。這種酸酸甜甜的桑葚，是孩子們的最愛，夾吐司麵包，尤其甘美。

一九八〇年，爸爸八十一歲，他告訴我說：「這幾年來你的事業已經有點基礎，家裡有傭人幫忙家事，孩子們也都長大上學了。剛好安平新蓋的房子落成，安平有你哥哥、姊姊和弟弟，比較熱鬧，所以我和你媽媽要回安平，告老還鄉。」

以後幾年，爸爸和媽媽每年都會來板橋小住幾天。一九八四年十月，爸爸病重，我握住爸爸粗糙厚重的手，不斷的流淚。爸爸說：「別難過，這條

路遲早要走的。我們家本來很窮，所以你要體諒貧窮的病患。教育很重要，你要幫助兄弟姊妹及親戚朋友的孩子完成學業，幫助一位肯上進的孩子，等於救了一個家庭。你要整建祖厝，讓祖先回來時有個家。」一九八五年四月，爸爸逝世，享年八十五歲。

子女們遵照爸爸的遺囑，將他安葬在安平，使他每天都能看到安平的漁船出海進港，看安平橡膠工廠的員工上班下班。子女們常去打掃除草，哥哥弟弟經過時還要點上一支香菸，祭給爸爸。我每年過年，都要帶孩子們到墓前祭拜，並且把一年來大大小小的事情告訴爸爸，又似乎看到爸爸點頭微笑，非常安詳滿足的樣子。

# ◆多少事，要與誰人說？——永遠懷念母親

一九九一年，媽媽經鄰里的推舉，選上臺南市模範母親，那年媽媽八十歲。

母親節在臺南舉辦盛大表揚大會，媽媽不識字，從沒上過學校，所以從沒站上過講臺。

這一天，媽媽非常興奮，就像小學畢業拿第一名，要上臺領獎一樣。清晨很早就起來打扮，穿上最漂亮的衣服，戴上最喜歡的首飾，在子女的陪伴下步入禮堂。

表揚大會由市長親自主持，介紹媽媽時，市長說：「現在我要介紹由安平區選出來的模範母親陳蔡報治女士。陳老太太在過去幾十年來替人家洗衣服，幫助丈夫維持家計，撫養並教育子女長大成人，成為對社會國家有貢獻的好公民。」

然後市長舉起媽媽的手說：「這是一雙充滿厚繭和皺紋的手，這也是一

雙充滿慈愛、智慧、毅力和勇氣的手。陳老太太是我們臺南市的驕傲，也是所有母親的楷模，請大家鼓掌，表示敬意。」

臺下一時掌聲雷動，觀眾紛紛起立致敬。

媽媽非常高興，這是她一生中最光榮最快樂的日子，媽媽心裡說：「老天爺終於替我說了句公道話。」

漁家是靠天吃飯，三天出海二天曬網，收入極不穩定。為了維持一家人的生活，媽媽每天要幫二、三十家人洗衣服，這都是些鹽務局和聯勤橡膠工廠的員工。媽媽每天清晨出門，午後二、三點才回家。洗衣服前，一定要檢查衣褲的各個口袋，取出裡面的文件和金錢。有時候遺留在口袋裡的錢，高達二、三千元，足夠付一年的洗衣費。媽媽一一裝入紙袋，等隔天收洗衣服時，再交給主人，深得大家的信任和愛戴。媽媽說：「不是自己的錢，一分錢也不能要。」

冬天洗衣服很辛苦，在冷水中搓洗了五、六個小時，回家時雙手都凍紅、凍腫了。我在溫水中幫媽媽按摩手掌，心裡很難過。媽媽說：「只要你們肯上進，多辛苦我也甘心。」

外祖父去世得早，外祖母在觀音廟前擺個小攤子度日，撫養一家六、七

口。媽媽嫁到陳家後，娘家的粗重工作，媽媽都會回去幫忙，因為媽媽是全家婦女最有力氣的。

從甘蔗商人那兒挑一捆甘蔗，要走很遠的一段路，才能挑到觀音廟前，每捆甘蔗重約一百臺斤，媽媽每次挑甘蔗時都汗流浹背、氣喘如牛，但想到能分擔外祖母的辛勞，心裡就非常快樂。

有空時，媽媽還會幫外婆削甘蔗賣，甘蔗皮曬乾後，又可當燃料。外婆常稱讚媽媽的孝心，說媽媽是她的左右手。

五十幾年前的安平漁民，還沒有動力馬達，必須手划竹筏出海捕魚，在風平浪靜的時候，爸爸出海捕魚，傍晚出海，隔天早上回航。有時候早上出海，傍晚回來，完全看季節氣候來決定。

那時候沒有氣象預報，來告知漁民是不是能出海捕魚撈蝦，而是完全由漁民憑經驗決定。

有時候傍晚風平浪靜，天氣很好，漁船出海捕魚後，到了深夜，忽然狂風怒號、風雨交加，暴風雨突然來襲。媽媽半夜起床，聽到風聲雨聲，便燃起一炷香，跪在大廳的神明桌前，祈求上蒼保佑爸爸平安。

天剛亮，媽媽便帶著我們兄弟姊妹，跪在鹽水溪口，每人手裡拿著一炷

香，向海洋跪拜。媽媽嘴裡唸著：「天公伯、媽祖婆、老清府、刑千歲，請您們把手抬高，遮擋風雨，帶弟子平安回家。」唸完又是一拜。

這時候天邊水連天的地方，出現了一個黑點，黑點慢慢變成一張帆，帆又慢慢變成一艘竹筏。這是一艘多麼熟悉的竹筏呀！漸漸地便看到爸爸疲憊的划著槳，駛近岸邊。

媽媽緩緩地站起來，我抬頭仰望，媽媽掛滿淚痕的臉，一時散發出聖潔和堅毅的光芒，有如廟裡的媽祖娘娘，讓我心生敬畏。

颱風造成漁家許多的災難和不幸，這一炷香，卻給人們帶來了多少期待與盼望。

小時候我常和玩伴玩彈珠，賭四色牌和天九牌及鬥蟋蟀，這是漁村兒童最普遍的遊戲。有時候到廟旁租連環圖畫書看，沒零用錢時，只好站在旁邊，和租書的兒童一起看。連環圖畫書中的歷史故事，都是些忠孝節義的英雄事蹟，情節動人，常常使我入迷而忘了回家吃晚飯。

每當我在井邊或廟旁和玩伴玩彈珠、賭四色牌或鬥蟋蟀時，常常玩得十分投入，幾乎達到忘我的境地，連媽媽站在旁邊很久都沒察覺，直到耳朵被用力揪起，才乖乖跟媽媽回家。

媽媽罰我跪在祖先的神主牌桌前，她陪在一旁不斷地流淚，然後合掌祈禱說：「陳家的祖先，請您們幫我帶好孩子，使他們努力向上，別學那些林投竹刺，整天玩樂。」被責罵幾次後，我就不敢再去玩彈珠、鬥蟋蟀了。

但我一直不能忘懷廟旁的連環圖畫書，老師也說看連環圖畫書作文會進步，只要不沉迷就可以。因此媽媽只允許我在寒暑假功課做完後，到廟旁看一、二小時的連環圖畫書。

小學寒暑假，清晨我要去賣油條，中午過後，冬天賣碗粿，夏天賣冰棒，然後把賺來的錢交給媽媽使用。

有一次寒冬清晨，我沿著街巷大聲叫賣，忽然有一女生從後面追來，叫道：「賣油條的，我要買二條。」回頭看時，竟然是班上的模範生。我轉頭拔腿就跑，一不小心，摔在地上。小女生也嚇呆了，楞楞地站在那裡。

我跑回家不肯再去賣油條，媽媽勸我說：「我們不偷不搶，靠勞力賺錢，沒什麼可恥。只要你成績好，同學就不會看不起你。」

擦乾淚痕，繼續沿街叫賣，我總會繞過同學的家，不願讓同學碰到。

臺灣光復不久，金融很不穩定，物價一日三市。剛好漁村捕魚的方法發生大變革，漁民紛紛放棄竹筏，採購裝有馬達動力的漁船捕魚，竹筏漸漸被

淘汰。

媽媽除了標會，又向親朋好友及鄰居借錢，替大哥和爸爸買了一艘動力漁船，那裡料到船買了以後，遇到漁獲欠收，利息又高達二、三十分，不但沒錢還本，也無力繳息，全家焦頭爛額，苦不堪言。大姊在過年時，穿了一件自己織的毛線衣，竟被人嘲笑：「沒錢還債，卻有新衣穿。」大姊跑回家哭訴，媽媽說：「欠錢沒能力還錢是我們理虧，嘲笑妳在新年穿新衣是她刻薄。只要你們肯奮發向上，不怕別人嘲笑。」

即使沒錢，一家人也得吃飯，只好向米店賒米，向魚販賒魚，向菜販賒菜，生病看醫生時，也只好硬著頭皮拿藥欠錢，因為都是同鄉熟人，平時可容忍你賒帳，到了除夕，便會拿帳單來催繳。

除夕當天，爸爸媽媽都躲在親戚家避債，留下一群小朋友在家，催債的人自然要不到錢。安平的習俗，過了除夕十二點，就是農曆新年了，是一年的開始，不能向別人討債。過了十二點，爸爸媽媽才回來和孩子們一起吃年夜飯。

欠錢不是不還錢，漁獲豐收時，爸爸和媽媽便會自動一家一家去還。媽媽回想起守歲避債的日子，就會流淚，並要子女們不能向窮人家討債。

兒女上小學後，我們常利用假日，帶他們到「波麗路」西餐廳吃西餐，媽問過孫兒，知道西餐一份六百元，太貴了，從不肯和我們一起去，說：「家裡有魚有肉，為什麼要到外面吃飯，一家七口，一頓飯所花的錢，足夠貧窮人家半個月的伙食。」

妻想出一個辦法，告訴媽媽說：「媽！藥廠贈送七張招待券，快過期了，大家一起去吃一頓西餐吧！」

媽媽聽說招待券過期就要作廢，很可惜，就和我們一起到「波麗路」。

本來擔心媽媽會吃不慣西餐，她卻一道一道吃得津津有味，然後若有所感的說：「美國飯菜那麼好吃，為什麼留學生會吃不慣呢？」

我當住院醫師時，收入微薄，所以爸爸媽媽到臺北來幫我帶孩子。一九七二年我到板橋開業，幾年後，事業基礎穩固了，收入也較豐厚，家裡有傭人幫忙家事，孩子們也長大上學去了。

一九八○年，我在安平幫媽媽買棟新蓋好的樓房，大姊、大哥、弟弟也都買在隔壁，比鄰而居，爸媽偶爾也會來板橋小住，大部分都是我利用春節年假，回安平看他們，順便拜訪親朋好友及鄰居。

每次我回安平，最重要的工作就是陪爸媽閒話家常。媽媽要我到她的房

間，這時候房間裡只有爸爸、媽媽和我，可以暢所欲言，無所顧忌。一九八五年爸爸去世後，便只有我陪媽媽談天了。

我會把當年醫院的經營情況，仔細的告訴媽媽。譬如每天平均看幾位病患，每個月接幾個新生兒，開幾個婦科的刀，那位護士結婚離職及子女們的學業成績等等。

接著媽媽便把一年來安平家裡的大小事情講給我聽。那位親戚嫁女兒娶媳婦，她包了多少紅包，那位親長歸仙了，她送多少奠儀。媽祖娘娘、老清府、刑千歲生日，她送了多少緣金。那位親戚來借錢給子女籌學費，那位親戚生病借錢去看醫生。

媽說，你每個月給我那麼多的錢，部分的錢我跟會儲存起來，總共儲存多少錢。等她百年後，多少錢要拿出來辦喪事，多少錢要分給我們兄弟姊妹等等，都交代得非常清楚。

我告訴媽媽說：「媽，我給您和爸爸的錢，您們可自己作主全權使用，不必一點一滴的告訴我。」媽媽說：「不行，你賺錢給我和你爸，讓我們不虞匱乏，這是我一生中最富足最幸福的日子，我已經很滿足了。你又買這棟樓房給我們住，不但可以遮風避雨，還可以祭拜祖先。你一定要知道媽媽用

錢的來龍去脈。」

爸爸逝世時，媽媽捐出二十萬給我們的母校——安平西門國小，讓學校使用。對沒錢買書，沒錢吃午餐，沒錢註冊的同學，就由這筆錢支出。媽媽說：「你們小時候，也常三餐不繼，有一餐沒一餐的。現在我們有餘力了，要默默地去幫助別人。」

一九九八年，媽媽罹患退化性關節炎，不良於行，靠輪椅代步。二年後意識逐漸模糊，躺在床上的時間比坐在輪椅的時間長，全靠大哥、侄女再生、大姊和弟弟共同照顧。

每年春節返鄉，我仍然像往常一樣，坐在媽媽的身旁握住媽媽的手，把整年的大小事情告訴媽媽，譬如說子健（大兒子）在馬偕醫院婦產科當醫師，慧怡（女兒）在美國夏威夷的醫院當財務管理，子威（小兒子）在牙科聯合門診服務，素英（妻）和我每天都找時間去晨跑、游泳、爬山，這些運動都很重要而且很省錢哦……等等。

我一面說一面流淚，淚水掉落在媽媽的手掌，媽媽的手掌動了一下，臉部表情也有了變化，好像聽懂我說的話。

二○○二年九月十一日，媽媽離開了她疼愛的家人，與世長辭，享年九

十一歲。我遵從媽媽的吩咐，將她安葬在她生前自己選擇的墓地，就在爸爸的身旁，安平古堡依然清晰可見。

# ◆永懷師恩

我們是一九四七年九月進入安平西門國小就學，一九五三年七月六日畢業。從小學一年級起，到小學六年級畢業止，六年來只有一班，全班六十位同學，就好像兄弟姊妹一樣，相親相愛，偶爾也會有爭吵打架，但事情過了以後，就又情同手足了！

畢業二十八年的同學會，曾焜校長致詞時說：「老師猶如撐筏人，把過河的一群人，一批一批的送到彼岸，任勞任怨無人知。」老師任勞任怨將一批一批的同學送到彼岸，海闊天空，任君翱翔。這對安平的漁家子弟是非常重要的一個關卡，家長整天為生活忙碌，如果沒有老師的扶助指導，只有原地踏步了。

林明得老師要同學們發揮四愛的精神，「愛家、愛校、愛鄉、愛國」，展現了以天下為己任的胸懷。

五、六十年前的安平是個貧窮的漁村，林明得老師訓勉我們要「人窮志

不窮」。畢業後，無論求學或工作，同學們都能努力不懈，苦幹實幹，大家都所學有成，在社會上貢獻一己之力。同學們有的是國家的高級將領、有老師、有實業家、有銀行經理、有工廠老闆、有醫師。

現在母校已經是「沒有圍牆的小小大世界」，可是圍牆是我們童年的回憶，爬上圍牆，追逐嬉戲，發揮自己的平衡力。從圍牆爬上木麻黃樹，捉白頭翁、觀賞鳥巢內的鳥蛋。母校四面圍牆，有二面是和魚塭相連，從圍牆跳入塭堤，非常刺激，同時又可順便捉些小魚、小蝦及螃蟹。

我是漁家子弟，整個家族都以捕魚為生。小時候，我體弱多病，不像哥哥、弟弟身體強壯，我不適合當漁民。幸好，我的功課不錯，在林老師的指導愛護之下，功課都在前幾名。林老師勸爸爸媽媽讓我繼續升學，爸爸媽媽答應了。

可是家裡沒錢，怎麼辦？爸爸不怕風吹、日曬、雨淋，努力捕魚，媽媽幫人家洗衣服，來補貼升學的費用。

家裡沒書桌、沒讀書的地方，只好把國文、英文拿到鹽水溪河堤背誦，把初中、高中的課文背得滾瓜爛熟，五、六十年過去了，課本的內容，我都還記得清清楚楚。

星期日及寒暑假，常回母校西門國小，向學校借教室讀書。所以非常感謝母校提供讀書的場所。

考上臺大醫學院醫科，從安平到臺北讀書，路途很遠，花錢更多。每個月爸爸媽媽都會寄錢到學校給我當生活費，但還是不夠用，所以大學七年，我都要當家教及寫文章賺稿費，才能維持生活費及學雜費。

醫學院畢業後，我在臺大醫院及馬偕醫院接受嚴格的住院醫師訓練，然後經學長介紹，到板橋開設陳文龍婦產科。醫院最忙的時候，一個月接生一百多位新生兒，到現在為止，已經接生一萬多位小朋友了。

各位學弟妹，大家要不怕苦、不怕窮，用功讀書，才能考上理想的中學及大學，學有專精以後，才能報答父母、報效國家社會。還要飲水思源，對老師及母校，要常懷感謝及感恩的心，感謝老師對我們的教導、愛護及栽培。

# ◆憂國憂民

一群讀書人，不定期的餐敘，對國家前途，政經發展，天然災變，社會風氣，根據自己的專長，提出看法和改進之道。雖然不敢妄想能讀書救國，卻充分展現知識分子對鄉土的熱愛及對社會大眾的關懷。

## 一、黑金官商亡國論

九二一集集大地震，震垮了許多高樓大廈，有位營造商已移民加拿大，拒絕回國接受調查。他振振有詞地說：「應該做的我都做了，我犯什麼罪，為什麼要回臺灣接受調查？不但政府官員及民意代表都送厚禮，連黑道大哥也都送了足夠的禮金。至於偷工減料、危害居民那是臺灣建築界及營造業的常態，有本事就全部（當然包括黑金貪官奸商）捉進監獄吧！」

集集大地震及一〇二二嘉義地震，共震毀了二百二十幾所學校，讓讀書人大感疑惑，大家都認為公共建築是社區裡最有公信力最安全的地方，也是

理想的避災救難的場所。營建業同仁卻認為目前臺灣公共設施是最危險的地方，從發包到承建，官員、民代、校長、總務、黑道大哥、回扣、紅包大概要去掉四成，其餘六成的錢，不偷工減料便無法完工。

藉著「國營事業民營化」的理由，把全民共有的財產，以低價承購，鯨吞蠶食，讓公共財產慢慢轉移到少數幾個財團手裡。財團擁有高官、民代、雄厚的資金，尖端的智囊團，聘雇學有專精的專家、教授、律師。百姓心裡雖有百般不平，也無從申訴，因為財團已掌控各種申訴管道。

三軍將領身繫國家安危，為國家安全的屏障，他們之所以願意拋頭顱、灑熱血，來保家衛國，完全是軍人的榮譽感所驅策。榮譽感是軍人魂。我們卻眼見黑道立委，在立法院議堂當眾羞辱，折損將領的榮譽感。軍人是國家的象徵，不容黑道侮辱。

教育是百年樹人的大業，老師們不嫌待遇微薄，全力投入，犧牲奉獻，要受到應有的尊敬和感激，我們卻眼見黑道把持的議會，要校長罰站，要教育局長道歉。黑道挫傷師道，為天理所不容。

有朝一日，如果臺灣淪亡，黑金貪官奸商四大蛀蟲，應負最大的責任。

## 二、臺灣社會的良心

中央研究院李遠哲院長學術成就崇高，曾獲諾貝爾化學獎。他品行好、有操守、有公信力。他關心臺灣的前途，關心島上居民的安危，所以大家推崇他是臺灣社會的良心。

我們的老師李鎮源院士，公正不阿，治學嚴謹，獻身醫學教育，要求醫師德術兼修，要為良醫，不求名利，因此李院士被推崇為臺灣醫界的良心。

臺灣社會的良心只有二位，實在太少太寂寞了，力量也太薄弱了。我們要許許多多的社會良心，要一大群的社會清流，才能匯聚成一股巨流，抵禦黑金貪官和奸商，把臺灣帶向康莊大道。

我有一位朋友，是位非常珍惜自己作品的建築師。他每設計一件工程或一棟大樓，必全心投入，全程監管。大樓完工後，每年定期回去查看，檢視大樓的結構和住戶的滿意程度。這次集集大地震，周邊的大樓都垮了，只有他設計的那棟大樓屹立不搖，他是臺灣建築界的良心。

另外一位營建商，回國小母校承建教室和辦公大樓，也是全程監工，教室和大樓完工時，他觸摸雄偉堅固的建築物，竟喜極而泣，喊著說：「我終

於有能力回饋母校了。」他不偷工減料，仍然有合理的收入，他把承建母校的收入，全數捐給母校，感謝小學時師長的教誨。他是營建業的良心。

我是位開業醫師，卻也自許為臺灣社會的良心，是人群裡的鹽、社會上的光。我認真診療工作，切實轉診，關心病患的預後（pragnosis，預測後果），給病患最貼切的建議和衛教。擔任二屆板橋衛生促進會主委。出錢出力投入健康教育工作。雖然只是粒小鹽，只是盞微光，也可算是臺灣社會良心的一個細胞，一個基本單位吧！

班上的同學，有醫療傳道的黃富源副院長，有肝炎鬥士陳定信院士，他們都是臺灣社會的良心。其他同學，各自堅守自己的崗位，敬業樂群，對臺灣社會都發生了「光和鹽」的功能。

希望大家都要自許為「臺灣社會的良心」，不斷地鞭策自己，獻身社會，關愛人群，不要懼怕黑金貪官奸商，那臺灣才有希望，我們的子孫才有福氣。

# ◆漁家

一九五三年三月，在安平西門國小六年級的教室裡，級任林明得老師點名陳文龍，要我朗誦課本裡的「漁家」：

「天那麼黑，風那麼大，爸爸捕魚去，為什麼還不回家？聽！海濤狂嘯，真教人心裡害怕，爸啊！爸啊！我們多牽掛，只要您平安回家，就算空船也罷。」

唸到這裡，我已淚流滿臉，眼前一片模糊，我哽咽而無法繼續唸下去。休息一會兒，等心情稍為平靜，再繼續朗讀：「我的好寶寶，爸爸回來了，魚蝦和蚌蛤，你看有多少我的好寶寶，爸爸雖辛苦，只要寶寶笑。」

唸完後，全班同學都掩面痛哭，哭得較厲害的都是漁家子女，這篇課文，是我幼年生活和爸爸互動最好最貼切的寫照。六、七十年前的漁村，都是用竹筏當交通工具，沒有馬達，動力都用人力，用雙手划著槳，緩緩的划出臺灣沿海。這種近海捕魚撈蝦的作業，雖然辛苦，在天氣晴朗的時候是非

常安全的。漁民全會游泳，這是求生的本能，我們小時候，常被家人帶到鹽水溪游泳，不是玩水，不是運動，是求生訓練。

漁船通常是清晨出海，傍晚回航，有時候是傍晚出海，清晨回航。所捕獲的魚蝦蚌蛤大部分帶到漁行販賣，少部分帶回家當佐飯的菜餚。

那時候沒有收音機，也沒有天氣預報，全憑漁民的經驗。但天有不測風雲，有時候傍晚天氣很好，風平浪靜，大家都出海捕魚，到了半夜，突然狂風怒號，暴雨狂瀉，家人都非常擔心，但都很無助，只能點一柱香，跪拜神明，祈求媽祖娘娘保佑。

暴風雨過後，大部分的漁民都能平安回來，少部分受傷，有一小部分不幸罹難。漁民靠天吃飯，擔心受怕非常辛苦，所以媽媽不希望我們兄弟以捕魚為業。

一九六八年，我從臺大醫學院醫科畢業，先服兵役一年，再回臺大小兒科，特別是新生科受基礎訓練一年，然後轉到馬偕醫院受完整的婦產科專科訓練，那時候，師長們都鼓勵我們將來要從事婦幼衛生的工作，所以我預備將來開設婦幼醫院。

我當住院醫師，太太當臺大醫學院護理系的助教，薪水都很少，在臺北

要維持一個小家庭的生活，非常困難。所以爸爸和媽媽都來臺北和我們同住，照顧三位嬰幼兒及操勞家務。

遇到漁忙的時候，因為漁獲較多，爸爸會回安平捕魚，以補貼家用。港務局的守衛都問爸爸：「老伯伯！你七十歲了，孩子是醫師，可以好好的休息，不要那麼勞累了。」爸爸回答說：「兒子現在當醫師學徒，要再等三、五年後才有穩定的收入。」

一九七〇年左右，美國投入越南戰爭，急需醫師，所以臺灣畢業的醫學生，畢業後受完基礎訓練，都申請到美國當醫師，收入約臺灣的五到十倍，而且醫學發達，儀器先進，前途看好。每班都有一半以上的醫師到美國。

當時年輕醫師的太太們，都流行一句話：「你要妻兒或是要父母？」特別是貧農或貧漁的子女，很難抉擇，因為需要留在臺灣照顧父母，但是太太又堅持要帶子女到美國，以追求美好的前途。

我要感謝我太太，在我們私下爭吵辯論後，同意留在臺灣，讓我不必做困難痛苦的抉擇，讓我沒有遺憾。

一九七、八〇年左右，還沒有健保，又遇到臺灣的嬰兒潮，所以基層的婦產科醫院都非常忙，我在板橋開業，每個月接生超過一百多例，每日門診

數都超過八、九十位，整天從早忙到晚，有時候一整晚沒辦法睡覺，白天還照常門診。

爸爸吃完午飯，要到附近公園散步，偶爾看見病患和護士發生爭執，護士請患者等到下午三點看門診，患者說等到三點，她來不及回去煮晚飯，因為她是遠從桃園來的。爸爸說，沒關係，他要上樓請陳醫師下來看診。護士很無奈，說：「先生公，陳醫師一天忙到晚，需要休息。」爸爸回答說：「患者到我們醫院來看病，請陳醫師下來看診沒什麼困難，又不是要到大海去征風搏浪。」我趕快下來看診，馬上解除一場爭端。

一九八六年，我的事業有點基礎，也有一點儲蓄，便回安平買一棟三層樓的透天厝給爸爸媽媽住，同時請弟弟一家人來一起住，有人照顧我比較放心。再過三年，也幫哥哥弟弟各買一棟三層樓的透天厝。爸爸媽媽非常高興說，從今以後，不怕風吹雨淋，有廁所，有浴室，生活就非常方便。我們舊家（祖厝）是沒廁所、沒浴室的。

我每個月都會寄一筆豐厚的零用錢給爸爸媽媽，爸爸會拿一些給伯父使用。親戚、鄰居的孩子要上學，沒錢繳學費，生病沒錢看醫師，也都會來向爸爸媽媽借，爸爸媽媽都會很慷慨的借他們，並且說：「不必急，等有錢再

還。」

爸爸不斷地向親戚、朋友及鄰居勸說，窮人要翻身，只有靠讀書，無論多辛苦，都要盡力栽培子女，使子女上學讀書、受教育。

我們家便成為安平貧窮漁家教育子女的典範。

二〇一四年八月八日完稿

# ◆問世間，情是何物？

一九七三年七月，我到美國水牛城希斯特斯醫院進修一年。希斯特斯醫院有許多臺大的前輩及醫界的朋友。這些臺灣去的醫師，去國懷鄉，常常利用週末及假日聚在一起，煮茶論詩詞，兼談天下事，剛好那時臺灣退出聯合國，世界大事及國家前途，都是大家關心的事。

傅謙生醫師，北醫第一屆畢業，先到美國讀完生化博士，再轉入臨床，接受內科的專業訓練，他看到我形單影隻，神情寞落，便介紹我背一首詞，以解寂寞。

這闕〈摸魚兒〉是金朝北國詞人元好問寫的。元好問在金章宗泰和五年，即西元一二〇五年，南宋開禧元年，到并州應試，路途中遇到一位捕雁的獵人，告訴他說：「今天獲一雁，殺之矣。其脫網者，悲鳴不能去，竟自投於地而死。」元好問將兩隻雁買下來，葬之汾水之上，累石為識，號曰雁丘。

這一對雁兒的殉情悲劇，深深地感動了元好問，所以就做了〈雁丘辭〉，以資紀念。幾年後，修改成〈摸魚兒〉詞。

問世界，情是何物，直教人生死相許？
天南地北雙飛雁，老翅幾回寒暑。
歡樂趣、離別苦，就中更有痴兒女。
君應有語：
渺萬里層雲，千山萬水，隻影向誰去？

二〇〇二年，九歌出版社出版臺大中文系葉慶炳教授著的《晚鳴軒的詩詞芬芳》，裡頭談到〈摸魚兒詞〉文字卻略有出入。原文如下：

問人間，情是何物，直教生死相許？
天南地北雙飛客，老翅幾回寒暑。
歡樂趣，
離別苦，是中更有痴兒女。

君應有語；
渺萬里層雲，千山暮景，隻影為誰去？

我比較喜歡傅醫師抄給我的〈問世間，情是何物？〉因為它已經陪伴我四十年，比較有感情，也比較有感覺。

## 一、焚稿斷痴情

九歌出版社二〇一二年散文選裡，有一篇張淳英小姐寫的〈焚稿斷痴情〉，讀後感人至深。林黛玉焚稿斷痴情，大學時代讀過，後來因為醫療業務忙，就淡忘了。讀完張小姐的文章後，再把閒置的紅樓夢拿出來細讀，絲絲扣人心弦。

寶玉因心內惦著黛玉，便伸手拿了兩條舊絹子撂與晴雯，要她送去給黛玉。黛玉收到後，一時五內沸然，餘意纏綿，便命掌燈，研墨蘸筆，向那兩塊舊帕上寫道：

### 其一

眼空蓄淚淚空垂，暗灑閒拋更向誰？
尺幅鮫綃勞惠贈，為君那得不傷悲？

## 其二

拋珠滾玉只偷潸，鎮日無心鎮日閒。
枕上袖邊難拂拭，任他點點與斑斑。

## 其三

綵線難收面上珠，湘江舊跡已模糊。
窗前亦有千竿竹，不識香痕漬也無。

後來林黛玉聽說寶玉將娶寶釵，頓失生存意志——「唯求速死，以完此債。」健康狀況急遽惡化，又咳又喘，吐血連連，示意丫頭紫娟和雪雁開箱取物，挪移火盆。

她先要求丫頭拿來題詩的舊帕，狠命的撕那絹子，卻是只有打顫的分

兒，那裡撕得動。接著授意丫頭將火盆放上坑，她苦撐起身，將舊帕撂在火上燒了，回手又把詩稿燒毀。

舊帕與詩稿都是黛玉的痴心表徵，焚成灰燼也燒盡斬斷了所有的痴情。

## 二、寶玉入空門

話說寶玉中了舉人，出了考場，卻消失在人群中。母親王夫人和太太寶釵便派人四處尋找，都找不到。

有一天賈政坐到毘陵驛地方，天氣忽然變得很冷，而且下起雪來。他抬頭來，忽然看到船頭上微微的雪影裡，有一個人光著頭，赤著腳，身上披著一領大紅猩猩氈的斗蓬，向賈政倒身下拜。那人只不語言，似喜似悲。

只見船頭上來了兩人，一僧一道，夾住寶玉道：「俗緣已畢，還不快走。」說著，三人飄然登岸而去。

只聽得他們三人口中作歌曰：

「我所居兮青梗之峰，我所遊兮鴻蒙太空。

誰與我逝兮，吾難與從？

渺渺茫茫兮，歸彼大荒！」

唱著唱著，三個人便慢慢地消失在滄茫大地裡。

林黛玉和賈寶玉這一對纏綿悱惻的戀人，他們驚天動地的戀情，便也慢慢地消失在滄茫大地裡。

## 三、痴情的昇華

陳弘泰醫師，臺大一九六七年畢業，高我一屆。他比我先到希斯特斯醫院，專攻外科。大學時期，他已熟讀《紅樓夢》，文史哲學的素養也高。我在水牛城常受到他的指導與照顧。

我和同學鄧昭雄醫師合租在巴法羅大學旁邊，鄧昭雄是皮膚科專家，到巴法羅大學做免疫學的研究。葉弘宣醫師不但是同學，而且是要好的朋友，情同手足。我到希斯特斯醫院是他幫我申請的，日常生活受到弘宣兄及夫人的照顧很多。因為有這麼多的師長和朋友的照顧，使我減輕鄉愁之苦。

這些好朋友利用週末及假日，到我們宿舍來聊天。弘泰兄常引用《紅樓夢》的故事，娓娓道來，非常動聽，結尾時，他最愛說：「塵緣已盡，還不

快走。」

大學時，看到一則社會新聞，敘述一對熱戀中的男女，已經在談論婚嫁，男女都品貌雙全，而且都受過高等教育。有一天，他們到花店去買許多玫瑰花，在陽明山的別墅中，將床上鋪滿了玫瑰花，男的穿上新郎裝、女的穿上新娘裝，雙雙躺在充滿玫瑰花的床上，服毒自殺。被發現時，真像金童玉女，嘴角含笑，眼睛噙著淚水。

告別式快結束時，忽然從草叢中飛出兩隻大雁，衝向天空，並哀嚎連連，頻頻回首掉淚。

因為門戶之見而反對的男方家長當場昏倒，眾人更哀戚不已。（註：男方是當時豪門、官大財產粗，在威權時代，很重視門當戶對。女方為普通公務員之女。飛出兩隻大雁之說，大概是記者添進去的。）

年輕男女，常為情所苦。不知多少痴情男女，為情而斷送寶貴的性命。希望大家都能用冷靜理智的態度，來處理感情的問題，使感情美化昇華為千古不朽的詩歌。

## ◆母愛千百年

◇杏林深耕四十年

二〇一五年台中安和路遺址挖掘出來的人骨化石，經碳同位素碳十四檢測後，確定為四千八百年前的人骨化石，這是新石器的史前時代。人骨化石中，有一對母嬰骨骸，四千八百年後仍然栩栩如生。母親用左手托住嬰兒，並低頭俯視，母子親深，母嬰相擁竟達五十個世紀之久。從照片中仔細研讀，似乎看到母親低頭凝視著嬰兒，臉部散發出滿足的微笑，多麼完美的慈母像啊！讓人們感受到母愛永留人間，而且恆古不變。

這使我回想起六十年前初中國文課本的二篇課文，一篇是〈金絲猿記〉，一篇是〈慈烏夜啼〉。

〈金絲猿記〉是明朝文學家宋濂寫的。福建武平地方的山上，出產金絲猿。這種猴子身上的毛，像金絲一樣，閃閃發光。小猿性情溫馴，總是離不開母猿的懷抱。有一天，母猿被獵人用箭射中，母猿想想自己活不成了，便用力擠出母奶，撒在樹林裡給小猿吃，母奶擠乾後，母猿就死了。獵人又捉

到了小猿，但小猿悲啼不止，每天晚上一定要睡在母親的皮毛上，才會安然入睡，有時甚至抱著母猿的皮毛，悲痛地跳擲著，直到力竭而死。母愛是世界上最偉大的親情，母親為子而生，更願為子而死。

唐朝白居易的〈慈烏夜啼〉如下：

「慈烏失其母，啞啞吐哀音，夜晝不飛去，經年守故林。夜夜夜半啼，聞者為沾襟；聲中如告訴，未盡反哺心。百鳥豈無母，爾獨哀怨深？應是母慈重，使爾悲不任。昔有吳起者，母歿喪不臨，嗟哉斯徒輩，其心不如禽！慈烏復慈烏，鳥中之曾參。」

我將〈慈烏夜啼〉讓孫子們朗誦，還沒朗誦完，我已淚流滿面了，孫子們笑著說：「阿公又在想念祖奶奶了。」

我兒子子威是我的小兒子，現在已是資深的牙醫師了，他在我家附近的德威牙科上班，是位非常忙碌的牙醫師。他們小家庭住在四樓，我們老夫妻住三樓，三、四樓有共同的通道。他上班時就說：「上班了，再見！」下班時也說：「回來了！」我要到扶輪社開會時，上午十一點以後的患者就安排少一點，以便十二點前回家載我和醫學前輩葉文德醫師到板橋扶輪社開會。

每天上午上班前，子威一定先看我的行事曆，遇到新北市醫師公會或板橋扶輪社的旅遊活動時，他一定取消小家庭原有的行程，開著車載著全家人跟我們的遊覽車去郊遊爬山，主要目的是陪我爬山，扶持保護我。因妻腳程好，手腳靈活，就由媳婦及孫子們陪伴，走在我們前頭。

我們夫婦子威全家

媽媽和孩子及孫子們

新北市醫師公會前理事長，也是現任的顧問葉文德醫師，感嘆地說：「現在已經很難看到這麼孝順的年輕人，你們是怎麼教的？」。

我和妻子整天忙著醫院的診療工作，如果有人教導，就是我媽媽，子威的阿嬤（祖母）。三、四十年前，我在醫院要接生、開刀和看門診，非常忙碌，媽媽在三樓陪三位孫子：子健、慧怡和子威。媽媽告訴孫子們說，阿

公、阿嬤都不識字，家裡很窮，阿公年輕時要到大海裡去捕魚，來維持生活，爸爸年輕時就很孝順也很努力讀書。你們長大後，一定要孝順爸爸媽媽，就像你們的爸爸媽媽孝順我和阿公一樣。

母愛千百年，綿延不斷而且惠及子孫。

# 三、扶輪世界

# ◆扶輪與我

在扶輪的大家庭裡，我是歡喜參與，多樣收穫。

一九八〇年，經創社社長張天憐醫師的推薦，進入板橋扶輪社。張醫師說，你在板橋行醫，要落地生根，一定要取之於社會，用之於社會，參加扶輪社便是實現這個理念的具體行動。聆聽前輩的教誨，便接受衛生所的邀請，參加板橋各里鄰的義診，為婦女作子宮頸防癌抹片，二十幾年來不曾間斷。將扶輪社社區服務的理念，用實際的行動展現出來。

扶輪社每週例會的聯誼活動，要唱歌、要慶生。慶生活動，提醒我們太太的生日到了，要心存感激與愛意。使不善表達的人，把心底話說出來，因而增進了夫妻的感情，使家庭氣氛更柔和、更溫馨。

夫人們因爐邊會及內輪會，常會相聚閒話家常。那所學校升學率高、校風好、管理嚴、可放心將子女送去受教育。經扶輪前輩的幫助，我三位子女都進入光仁中學，接著順利考上大學，現在都學有專精，健康快樂，這實在

是扶輪大家庭的恩賜。

醫療糾紛是開業醫師的夢魘。二十幾年前，我從例會中被叫回醫院，原來有一位日本男人來理論，說產前檢查為什麼沒診斷出他的小孩是無肛兒。我不懂日語，有理也說不清，便請張錦燦（Bunny）前社長來幫忙。張錦燦前社長以流利的日語，解釋胎兒沒有肛門，要出生後才能診斷出來。經過良好的溝通，很順利的化解了一場醫療糾紛。在扶輪大家庭的保護傘下，受到扶輪前輩及社友的幫助，我們才能昂首闊步向前走。

當扶輪社長，使人視野寬闊了，韌性增強了。當過扶輪社長，做人一定更通達、更謙卑、更圓融，做事一定更細心、更徹底。舉個例子，辦秋季旅遊，要親自事先走一趟，以預估時間、路程及安全性，要先到餐廳品嚐飯菜，測其新鮮度及衛生水準。在遊覽車上要送水送茶、要噓寒問暖。楊介傑（Honda）前社長常說，社長要替全體社友洗腳，也就是說，社長要替全體社友及家眷服務。

學校教育是有限的，社會教育是無窮的，而扶輪社就是一所優秀的社會大學，是全功能的社區大學。

參加扶輪社，可結交社會上各行各業的領導階層，每星期例會的餐敘，

能廣泛吸收各領域的知識。例會中專家學者的演講，可增強知識的深度和廣度。我常鼓勵子女們，等將來事業有成，一定要參加扶輪社，才能不斷地成長，才能貢獻所學，服務社會。

# ◆一位扶輪社社長的四個大夢

我是板橋扶輪社第卅一屆社長，一九九七年七月一日上任，而於一九九八年六月三十日卸任。

扶輪社有四大服務，由四大服務的執行，慢慢孕育出我對人生的四個大夢。

今年的職業服務，我們參觀林志郎前社長所承建的北宜二高石碇彭山段工程，工程艱巨、工作辛勞，但能帶來日後交通的便利。

扶輪社是集合各行各業的精英所組成的一個高層次的社團，如果各位社友都能充分發揮所學，貢獻社會，不但自己的事業能蓬勃發展，而且社區、人民都能獲得極大的好處。

我常夢想，承建公共工程的社友，不偷工減料，確實監工，竭盡所能的把工程做好。工程完工後，還定期去巡視是否有缺失，把工程的品質看成自己的第二生命。如果看到工程品質良好、運作順利，則滿心歡喜；見到工程

發生意想不到的缺失，要趕快補強，成為自己工程的長期義工，使國家的公共建設，鞏固牢靠，傳之久遠。

從事建築業的社友，把房屋蓋得美觀堅固，使住戶都心存感激。自己有固定的利潤，又像是在從事社會福利工作，兩相得利。

醫師社友，診治病患時，視病猶親，和顏悅色，不只是治病患的病，而且在乎病患的感受，是治療生病的人。遇到能力範圍以外的疾病，要轉介給更專門的醫師，使病患生病時，只要找到您，便能得到最好的醫療。

「萬世師表」、「吾愛吾師」等動人的師生至愛，大家一定印象深刻。當校長、老師或教授的社友，從事教育工作時，不忘人性化的教育，使我們的下一代，沐浴在愛的教育，長大成人後，都成為身心健全，對家庭、對社會、對國家都有貢獻的公民。

職業服務，大家貢獻所學，服務社會，同時能兼顧自己的事業，利人利己，這是身為社長的第一個大夢。

舉辦校園性教育與愛滋病防治教師研習營是我們社會服務的一項工作。

愛滋病在二十一世紀給人類帶來極大的災難。目前全世界有二二〇〇多萬人罹患愛滋病，又以每天八五〇〇人的新病例不斷地增加，愛滋病使兒童

失去父母、學校失去老師、醫院失去醫師、年輕人失去未來。

一九九三年三月，國際扶輪社理事會宣佈：「國際扶輪鼓勵並支持各扶輪社和政府的衛生單位及民間組織合作，加強社員及社區認識愛滋病的防治與宣導。」

愛滋病是預防容易、治療困難的性傳染病。預防最好的方法，是大家要懂得安全的性。

美國柯林頓總統發下豪語，要美國醫界十年內研發成功愛滋病預防針，我國旅美醫學家何大一博士也認為至少要十年才能研發成功。

希望這項研發計畫早日成功，有了疫苗（預防針），再加上「安全的性」普通而深入的宣導，人類的一場浩劫，將可順利化解，這是社長的第二個大夢。

國際服務，我們在板橋和日本高岡扶輪社訂約續盟，繼續締結為姊妹社。接待來訪的日本和歌山扶輪社。無論和高岡社或和歌山社，大家都能把酒言歡，盡情歡笑。

一九九八年四月九日，我們組團到韓國水原，日本姊妹社戶田扶輪社早一天抵達。四月九日，三國三社互相訂約續盟，締結為姊妹社。韓國因為金

融風暴的影響，雖沒辦法辦得富麗堂皇，但儉樸中不失莊嚴隆重。患難見真情，風雨中仍有姊妹社往訪，備覺溫馨。

世界像個地球村，世界上的各個國家，就像地球村裡的各鄰里一樣，雖然有地域及文化背景的不同，只要有像扶輪社一樣的共同理念和精神，任何衝突可經由協商談判獲得解決，大家都沒有理由，也不願意掀起戰爭。

國際間經常組團互訪，建立起互助、互諒、互信的感情。在這地球村，每個國家都和扶輪社一樣，世界將永無戰爭、永遠和平，這是社長的第三個大夢。

青少年服務，我們到地方法院觀護所，對接受假日管訓的青少年作「拒毒」、「愛滋病防治」的宣導。看到這群目光無神，毫無歡樂的青少年，真教人心裡難過。

一九九〇年國際扶輪社長保羅・柯斯達說：「我關心如何幫助孩子們，使他們免於挨餓、受凍、受虐、染上毒癮；免於小兒痲痺及其他疾病之害，給他們機會，使他們長大後成為有用的公民。」

一九九六年社長季愛雅，一九九七年社長金樂施都呼籲全世界的扶輪社社友，與新世代合作，為新世代建立一個乾淨、安全而充滿活力的生活環

境。

我和一九九八年國際扶輪社長雷斯益一樣，夢想著一個能使兒童健全成長的世界。雷斯益夢想的未來世界是：

「在那個世界，沒有兒童餓著肚子上床。

在那個世界，每個生病的兒童都可以獲得醫療照顧。

在那個世界，每個兒童都有機會學習，閱讀和寫字。

在那個世界，所有的兒童頭上都有屋頂，都有禦寒的衣物可穿，腳上都有鞋子。

在那個世界，每位兒童都能在成人的關懷之下，感受到愛和親情。

在那個世界，兒童沒有恐懼和失望，生活充滿著歡樂和溫馨。

在那個世界，年輕人充滿著活力和希望，未來的生活將更美好！」

這不只是雷斯益的夢想，也是我們全國小兒科醫師及兒童保健協會的夢想。

這更是我一年社長生涯的第四個大夢。

扶輪有夢，築夢踏實，這四個大夢的實現，將有賴於各位師長、各位先進前輩及各位同仁的共同努力。

# ◆歸真反璞

每年到了六、七月，臺灣地區各扶輪社的社長和秘書，為了參加友社的交接和授證典禮，莫不焦頭爛額，疲於奔命，苦不堪言。各社交接及授證典禮非常重視形式，互送花圈花籃，一夜之間，製造許多的垃圾，造成嚴重的環保問題。

各分區內友社很多，如果每社的交接及授證都參加，無論時間及體力都支持不了，要是不參加則有所失禮。常常二、三個友社在同一個晚上舉辦交接或授證，只好拜託所有的社友分組參加，真是分身乏術。

扶輪社的社友大部分都是中老年人，飲食要節制才能常保健康。但參加太多的宴席，攝取過量的脂肪、碳水化合物及酒精，使許多的社友因而罹患了高血壓、心臟病及糖尿病，常在事業的頂峰，生命畫下休止符，使個人、家庭、社會及國家，蒙受重大的損失。

根據臺中市第三四六〇地區扶輪知識推廣中心的統計，交接及授證典

禮，每一扶輪社每年平均花費三十至四十萬元，每年全省各扶輪社總共要花掉一億多元，要是能把這一筆龐大的資金，用來做社會服務、社會救濟或中華扶輪教育基金，將是多美好的一件事呀！

一九九六年八月二十九日，板橋社第一五三八次例會為社務討論會，洪學樑前總監、廖金順前社長、陳祥鳳前社長、周德傳前社長及賴達雄前社長，對於交接及授證典禮，提出精確的看法，要點如下：

1. 社長於扶輪年度七月一日自動就職，擔任職務至次年六月三十日自動卸任。

2. 扶輪社沒有交接問題，因此不會發生交接後才可上任及交接後才可卸任的問題，當然沒有監交的問題。

3. 各扶輪社應於扶輪年度的第一次例會，舉行介紹新職員就職，儀式宜簡單隆重。

4. 授證典禮不可浮華，不可流於形式。要簡單、莊嚴隆重。典禮在例會所在地附近適當的場所最好，不必遠赴大都市觀光飯店。

為了取得共識，第三四九〇地區臺北縣第二、第四分區九個扶輪社社長、秘書聯誼會時，由板橋社將交接、授證典禮議題提出討論，馬上獲得社

秘聯會主席、第二分區秘書長廖聰義前社長的贊同和響應。

那是一九九六年九月四日下午五時三十分，在板橋吉立餐廳舉行的九六年度第二次社秘聯會，由板橋東區社主辦，秘書長廖聰義主持。

會中第二分區總監代表林延湯前社長、第四分區總監代表高文良創社社長、第四分區秘書長陳錦成、前社長及與會的社長、秘書、副社長，都踴躍發言，各自提出精闢可行的看法，然後由秘書長廖聰義提出結論，其要點如下：

1. 扶輪社雖然沒有交接問題，但各社相沿成習，所以扶輪社每年七月的第一次例會，仍然稱為交接典禮。
2. 第三四九〇地區臺北縣第二、第四分區九個扶輪社，交接時要在原例會社址，例會便餐。
3. 交接典禮時，介紹新職員就任的儀式，要簡單隆重，不可鋪張。
4. 交接時，不收友社花圈、花籃及禮金。友社交接時，亦不送花圈、花籃及禮金。
5. 交接時，不邀請友社參加觀禮。友社交接時，亦不到友社觀禮。
6. 友社交接時，不參加觀禮並不失禮。不送花圈、花籃及禮金，也不失

禮。

7. 交接的時間，以七月第一個星期的例會日最適宜。
8. 授證典禮不可浮華、不可流於形式。
9. 授證典禮的地點，以例會所在地附近合適的地點為宜。如果沒有合適的地點，只好另覓其他地方。授證時不收友社的花圈花籃，只收禮金，讓地主社統一整體的規畫，又美觀，又可避免製造許多垃圾。
10. 遇到授證五年、十年、十五年、二十年、二十五年、三十年等，則各社視實際情形，可擴大舉辦。
11. 發函通知臺北縣第一分區、第三分區及各友社，以求取共識，避免不必要的誤會。以免失禮，才能增進彼此的友誼。
12. 發函呈報地區總監及明年度地區總監當選人，以重扶輪倫理。並求取總監及總監當選人的共識，以利積極推動。

臺中市第三四六〇地區推行二、三年了，現在第三四九〇地區見賢思齊，正積極推動。希望全省各扶輪社都能參與配合，使扶輪社歸真反璞，成為有品味的社團，成為有益社會國家的國際性第一流社團。

# ◆典範

## 一、傑出的地區總監

二〇一〇～二〇一一年度國際扶輪三四九〇地區總監賴正時（D.G. Victor）是位睿智傑出的領導人，知人善任，頗有大將之風，把統御領導的精神和方法，發揮到極致。

他把三四九〇地區，帶領到更高更美的境界，使所有的社友永遠記得這光輝燦爛的年份。

今年國際扶輪的年度口號為「打造社區，連結世界」，D.G. Victor 帶領三四九〇地區的社友，前往尼泊爾山區，蓋教室、義診及捐贈淨水器。這是「打造社區，連結世界」的具體表現。

在國內，對弱勢團體的照顧與關懷，如對單親家庭、獨居老人、受虐兒童等的關懷、扶持及幫助，充分表現扶輪人的愛心。

三四九〇地區對國際扶輪的捐獻，居世界各地區的前茅，尤其是板橋社，是世界排名第一的年平均捐獻社。

最值得稱讚的是新社友的吸收及成長，到三月底，已增加了五百名新社友，寫下了扶輪歷史的新頁。

這是位睿智、傑出、無私、有愛心、有擔當的領導人，是我們三四九〇地區的光榮與驕傲。

D.G. Victor，三四九〇地區的全體社友以您為榮。

## 二、良相佐國

二〇〇九年總監當選人賴正時禮聘盧政治前社長為二〇一〇～二〇一一秘書長，經過P.P. Silk的深思熟慮後，答應接受秘書長的職務，板橋扶輪社全體社友都覺得慶幸得人。總監賴正時有了千里馬，必可鵬程萬里。

盧政治秘書長做事穩重，思慮緻密，做人圓融。任何計畫的執行都認真而徹底。他做得多說得少，很有分寸，任何事情都會稟報總監，善盡秘書長的職責。

## 三、群英畢集，群策群力

總監一年的工作是千頭萬緒，國事如麻。總監上任後，要到三四九〇地區各社的公式訪問，下半年參與各社的授證慶典，都要有團隊陪同，板橋扶輪社友都充分的配合。

二〇一一年八月十二日，三四九〇地區在總監Victor的領導下，前進尼泊爾，在尼泊爾建教室、義診及捐贈淨水設備，這就是世界社區服務的具體表現，使國際扶輪三四九〇地區的扶輪社，愛心遍灑尼泊爾。

對臺灣社區的弱勢團體、單親家庭、獨居老人、受虐兒童，伸出援手，給予關懷和資助，充分表現扶輪大愛精神。

新社友的增加，在全球各地區名列前茅。這都要仰賴板橋扶輪社全體社友及三四九〇地區全體友社的鼎力相助及全力配合。

對國際扶輪的捐獻，是世界排名第一的年平均捐獻社，這種榮譽，就是板橋扶輪社全體社友出錢出力，團結奮鬥的成果。

二〇一〇～二〇一一年度國際扶輪三四九〇地區，在五大服務、國際扶輪捐獻、新社友的增加，能有這樣傑出的表現，當然是賴正時總監卓越的領

導，秘書長盧政治詳實而嚴密的規畫，板橋扶輪社全體社友的團隊精神，三四九〇地區全地區社長及社友的全力配合，才能創造出如此亮眼的成績。

## 四、輝煌燦爛的年會

經過半年的籌畫，板橋社黃永昌 Bank 社友的反覆演練及修改，阮良雄 Wireless 社友的影像及電視牆的裝置，這些都是高難度及必須全心全力投入的工作，使人深感及體會到「羅馬不是一天造成的」這句西方諺語的意義。

二〇一一年四月九日上午九時，開啟了三四九〇地區第二十一屆地區年會的序幕。今年參加年會的人數達一千九百人，居歷屆之冠，圓山飯店十二樓容納不了，再開啟二、十樓為第二會場。

雖然人數眾多，卻井然有序，從註冊、聯誼開始到餐敘，循規蹈矩，按部就班。到十一時二十分，貴賓進場，氣氛嚴肅，有如國慶大典，從旗幟進場、地區團隊伉儷進場……等，夫婦莊嚴肅穆整齊隆重的進入大會會場，一時間，把大會氣氛帶到最高點。

國際扶輪社社長代表蘇西爾古普塔（Sushil Gupta）讚美賴正時總監一年來的成就，不但對國內及國外（尼泊爾）的社區服務有優異的表現，新社友的

增加及對國際扶輪的捐獻均居全球之冠。這趟臺灣之行，是他一生中最溫馨、最值得回憶的一次。

第二天（四月十日）賴正時總監的閉幕詞，內容豐富、真情感人，全場聽眾都被感動得熱淚盈眶，包括總監自己，回想一年來全體社友的鼎力參與及推動，使扶輪精神發揮到最高點，五大服務推行得非常徹底，總監自己也被感動得數度哽咽。

惜別午餐會，請國立藝術大學音樂系的卓甫見教授和麥韻篁教授表演鋼琴與小提琴的對話「臺灣歌謠之美」，參加的社友非常踴躍，參加的人數高出預估的二、三百人，忙壞了盧政治秘書長及餐敘組主委三重中央社黃弌勇前社長（P.P. Long）。

## 五、心懷感謝

二〇一一年四月十日下午二點半，步出圓山飯店，晴空萬里，燦爛的陽光充滿天際，我為這次年會的圓滿及喜樂，心裡充滿感謝及感恩，不自覺的唱著「這是咱的扶輪社」：

**感謝天、感謝地、感謝大家。**

用真情甲鼓勵將阮栽培，
要珍惜每一個付出的機會。
人生難得有緣來作伙，
這是咱的扶輪社，什麼人才攏置遮，
為著理想活出新的生命。
這是咱的扶輪社，什麼困難攏毋驚，
扶輪這條路，咱用心作陣行。

# ◆金鯉春風躍成龍

## ——拜別邱前社長榮隆

邱前社長：

今（一九九九）年八月初，您跌倒受傷，住進亞東醫院，社友們分批前往探視慰問，您還有說有笑，想不到二十六日竟傳來您仙逝的消息。

您是我們板橋社的大老，也是我們社裡的國寶。每次您來參加例會或參加慶典時，社友們就好像看到自己的親長，爭著前去向您問安，和您握手。

回想您一生多姿多彩的生活，對社會人群無私的奉獻，就像印度詩人泰戈爾所說的：「活著的時候當璨如夏花，仙逝時應美如秋葉。」您作的詩集《繁華大地》，對自然景物的觀察，對人情事故的領悟，均有極深刻動人的描寫。如〈松間清泉〉：「明月松間照，清泉石上流。輕風枝頭拂，寧靜心無求。」

一九四八年起，在地方父老的敦促下，您參政從公，是資深的鎮民代表，並榮任第五、六、七屆鎮民代表會主席，爭取臺北縣政府設址板橋，及

板橋鎮改制為板橋市。對板橋的繁榮進步，貢獻良多。

當您每次走進板信銀行，職員們便會起立招呼，說：「老頭家，早安！」板信銀行是板橋信用合作社改制而成的。板橋信用合作社是一九五七年您集合地方人士創立的，初創期間，非常辛苦。經過您的努力經營，以社為家，清廉自持，終於使板信成為板橋地區最重要的金融機構之一。很多地方人士都尊稱您為「板信之父」。

對於地方教育及公益事業，您都會積極的參與及熱心的投入，您曾任板橋國小家長會長九年、板橋中學榮譽顧問，協助政府整修板橋國小和板中，出錢出力，嘉惠地方學子。

四年前本社的春季旅遊，我們到六福村野生動物園及主題樂園玩。那時風雨交加，您雖八十五歲高齡，仍然興致勃勃地享受各種遊樂設施，心情年輕而富朝氣，讓社友及眷屬們非常羨慕。

三十週年授證紀念慶典，您走上講臺切祝賀蛋糕時，就像領航員帶領全船的水手進港靠岸一樣，環顧四周，全部是自己的社友、家眷，和友社的社友。薪火相傳，三十年來的往事歷歷在目……

一九六七年六月十日，您和二十位社友相伴攜手共創板橋社，並為社刊

刊頭題詩：

「大屯觀音群峰秀，斜陽滬港映浪影。
新店大嵙匯長流，金鯉春風躍成龍。」

一九六九年，您擔任第三屆社長，並於一九七〇年組團訪問日本高岡姊妹社，會後參觀國際博覽會，這是本社第一次出國訪問，在還沒開放出國觀光的戒嚴時期，是板橋地區的一件盛事。

一九七七年，您擔任總監特別代表，輔導永和社。後來永和社又輔導中和社，真是枝茂葉繁，綠樹成蔭。

一九八六年，您擔任本社特別委員會主委，於板橋火車站後站建「金鯉春風躍成龍」銅像一座，使扶輪社的社會服務融入板橋市民的日常生活當中。

一九九二年，您擔任紀念特刊主委，編輯《二十五年史》，使本社的歷史能承先啟後，源遠流長。

一九九五年，本社的社會服務——「兒童保健」，我們和臺北縣家扶中心合辦「兒童虐待的防治」，才知道您是家扶中心的副主委。您默默行善的慈悲胸懷，值得全體社友學習。

您是虔誠的佛教徒，深知人在世上只是短暫的過客，西方極樂仙境才是我們久居之地，所以您走得很安詳、很平和。

雖然如此，您的離開，仍然使全體社友非常難過、非常的不捨。這些日子裡，我們對您的思念一天天地增加。

**希望您在天之靈安息。**

# ◆璀璨豐富的醫者——懷念醫學前輩張天憐大夫

認識醫學前輩張天憐大夫是在一九七九年冬天，他帶了二位扶輪社友到診所來訪問，邀我加入板橋扶輪社。他說開業醫師要有社會參與和社會關懷才能被地方人士所認同。一九八〇年五月，經張前輩、蔡錫堯學長及楊介傑前社長的介紹和推薦，我正式成為國際扶輪社社員。

原來張大夫是板橋扶輪社的創社社長。板橋扶輪社自一九六七年成立以來，他對社務的推展，四大服務（社務、社會、國際及職業）的執行，都非常關心而且相當投入。尤其是最近十幾年來，每位新社長接任時，創社社長都會在社裡或電話中和他長談及討論，將經驗和智慧傳承給新社長。

他非常節省又非常慷慨。私人的花費能省則省，從不浪費；但對板橋扶輪教育基金及國際扶輪基金的捐獻，卻非常慷慨。他是板橋扶輪社教育基金捐獻人，是保羅哈理斯五星捐獻人，更是扶輪巨額捐獻人。

國有國歌，社有社歌。社歌是一個扶輪社的精神象徵，也是凝聚全社社

友的原動力。張醫師的音樂素養極高，學生時期是小提琴手。他聚精會神地為板橋扶輪社社歌編曲作詞，演練時一定親臨指揮。演唱時，那裡要加強，那裡要提高，他都會不厭其煩地加以說明。本來板橋扶輪社是臺語社，他堅持社歌要國語發音，才能表達出它的韻味和精神來。

「一朵小白花」（Edelweiss, Edelweiss）是他最喜歡唱的西洋歌曲，每次女賓夕（扶輪社社友夫人參加扶輪社慶典的夜晚）或慶典時，他一定會引吭高歌，歌聲宏亮，令社友們印象深刻。所以每年他及夫人的生日、結婚紀念日，社友們一定會唱這首歌來祝賀。

有一次爐邊會在創社社長家舉辦，他帶我們去欣賞滿屋的收藏品，玉雕的魚蝦螃蟹，栩栩如生。他最喜歡一幅錦鯉的畫，說是大陸名家畫的。畫是靜態的，缺乏變化，因此他又在庭園中挖了一個大魚池，養了許多錦鯉，坐在池邊靜靜地觀賞，只見錦鯉來回穿梭，游姿優雅，變化萬千，真是一幅美麗的動畫。

張醫師在一九三二年從臺灣總督府醫學專門學校畢業（臺大醫學院前身），是前臺大眼科主任楊燕飛教授的同學。

醫專畢業後，在臺大附屬醫院作臨床研究，然後被聘主持「臺北大稻埕共濟醫院」，為貧民服務一年，接著遷居板橋開業，創設「仁德醫院」，懸壺濟世五十餘年，到一九八一年自醫界退休，專心投入企業界。仁德醫院便由三子張耀堂大夫主持至今。

天憐前輩在開業初期，雖然醫療業務繁忙，仍然擔任無給職的公醫及法醫，任勞任怨為維護地方民眾的健康而努力。他認為醫師不僅僅是一種謀生的職業，更是一種奉獻的工作。所以他又積極參與中華民國紅十字會的業務。

一九六一年張大夫被臺北縣醫界推選為常務理事，三年後（一九六四年）當選臺北縣醫師公會第九屆理事長，為臺北縣醫界領袖，實至名歸。

除了醫療服務外，他也積極參與企業經營，投資許多生產事業，成為該事業的董監事，主導企業經營發展。他參與的事業機構，前後有臺灣水泥、味全、味王、國產建設、士林電機、聲寶、華南保險、達和航運、中化製藥，為臺灣經濟發展，盡心盡力。

枝葉茂盛，綠樹成蔭，一九三二年張醫師和林品女士結婚，育有五男二女，三代同堂，家族中有十位醫師，非醫師子女，也都是該行業的傑出人才，都是一時的俊彥。因此張大夫和夫人，曾經榮獲模範父親及模範母親，

真是為人父母的殊榮。

在扶輪社的餐敘或慶典時，時常聽到社友們稱讚CP SKY（張創社社長的社名），真像乾隆皇帝，不但子孫滿堂，而且福祿壽，樣樣擁有，是當之無愧的十全老人。

一九九八年十二月二十五日，張大夫因高血壓引發心肺衰竭而與世長辭，享年九十一歲。

天憐前輩的醫者風範，長者的寬容及仁者的慈顏，將留給臺北醫界、板橋扶輪社及地區民眾永恆的懷念和追思。

# ◆暮鼓晨鐘——懷念「板橋扶輪字典」陳祥鳳前社長

滾滾長江東逝水，浪花淘盡英雄。
是非成敗轉頭空，青山依舊在，幾度夕陽紅。
白髮漁樵江渚上，慣看秋月春風。
一壺濁酒喜相逢，古今多少事，盡付笑談中。（楊慎——〈臨江仙〉）

板橋扶輪社是個和樂的大家庭，社友們都期待星期四中午的例會。例會前談天說笑，相互請益，往往忘記時間的久暫。遇到對扶輪典章制度、扶輪歷史、扶輪精神及扶輪人物有所疑慮時，都會趕快請教板橋扶輪社的「扶輪字典」陳祥鳳前社長（P.P. Tiger），都會一一詳加說明，使請益的社友茅塞頓開，非常滿意。

Tiger 前社長對板橋的歷史及地方人物，非常了解，口述歷史，他是位理想的諮詢對象。

陳前社長非常有時間觀念，講究守時，無論是例會、餐敘、聯合例會及授證，時間一到，就請社長鳴鐘開始。他說守時是扶輪的基本精神。

在扶輪社，社友的言行舉止有偏離扶輪精神或規章的地方，他馬上出面勸止，並且加以糾正。歷任社長在推動社務服務、社會服務、國際服務及職業服務時，合乎扶輪精神及扶輪規章的，他就讚美；偏離時他就糾正，並提出可行的方案。他是我們板橋扶輪社的暮鼓晨鐘，使受規勸的社長及社友獲益良多且發人深省。

資深的扶輪前輩常勸他省省力，讓年輕人自由發揮。他卻說：「為了扶輪的健全發展，我有話直說，我不必呢呢喃喃的討人家歡喜。」

陳祥鳳前社長是我們板橋扶輪社的創社社友，在一九七七年就任第十一屆社長。他以扶輪為家，扶輪是他一生最大的志業。

一九七八年第一次出任三四五地區扶輪知識委員及第十九屆年會大會引言人，奠定了 **P.P. Tiger**「扶輪字典」的基礎。

一九八七年擔任三四八〇地區分區代表及中華扶輪教育基金會地區主委。一九八八年擔任三四八〇地區獎學金主委及中華扶輪教育基金會主委。

一九八九年擔任扶輪基金會主委及中華扶輪教育基金會主委及第三屆地區年

會扶輪基金會主講人。二、三十年來，他積極在板橋扶輪社勸募中華扶輪教育基金及國際扶輪基金，使板橋扶輪社在中華扶輪教育基金及國際扶輪基金的捐獻，都有亮麗的表現，他的功勞最大。

他不但勸募，更以身作則，自己積極慷慨捐獻，總計獲得保羅哈理斯之友三只，中華扶輪教育基金福祿壽獎二次。因此，他在一九九〇年榮獲第一屆三四九〇地區國際扶輪基金委員會服務獎及中華扶輪教育基金會感謝功勞獎。

二〇〇三年擔任三四九〇地區第十四屆地區年會主席，充分展現扶輪領導人的風範。

從一九八九年開始，他擔任中華民國總會常務理事三屆十年；一九九五年開始，擔任中華扶輪教育基金會董事三屆七年；二〇〇二年迄今，擔任中華扶輪教育基金會諮詢顧問。

輔導新社的成立，他也盡心盡力的投入。他是永和社的籌備委員，樹林社的輔導委員，土城社的籌備輔導主委，板橋南區社的籌備輔導委員兼分區代表。

**P.P. Tiger**真正是功在扶輪，鞠躬盡瘁，死而後已。

陳祥鳳前社長，臺北縣板橋人，生於一九三三年四月十三日，自幼聰明好學，漢學基礎深厚，為板橋扶輪社授證三十週年特刊主編。年輕時創立「亞輝企業」，經營煤炭批發，信用卓著，事業蒸蒸日上，積極參與地方公益，服務鄉里，為板橋人人敬仰的仕紳。

一九七〇年與瑞芳名門閨秀高麗霞結婚，生育二男，二〇〇八年三月二十七日下午三時因病與世長辭，享年七十五歲，我們敬愛的陳前社長永遠離開了他深愛的家人和扶輪，我們非常想念他，聚會紀念他，又似乎聽到他輕輕地哼著日人新井滿的「千の風」：

「請你不必在我墓前哭泣，
我不在那裡，並不在那裡長眠，
已化作千百縷清風。
在那浩大的天空，
到處吹拂。
秋天，化為陽光，照耀在田野裡，
冬天，化作白雪，綻放出鑽石的光芒。
清晨的我是鳥，喚醒沉睡中的你，

夜晚，我是星辰，溫柔地守護著你。
請不必在我墓前哭泣，
我不在那裡，我沒離開人間，
已化作千百縷無處不在的清風，
正吹遍那浩瀚的天空。
千百縷、千百縷清風，
在那浩瀚的天空，
到處吹拂；
化作千百縷無處不在的清風，
就在那浩大的天空，
吹遍各地。」

# ◆我信扶輪——懷念楊介傑前社長

楊介傑前社長出生於板橋名門，生性善良、忠厚、個性謙沖、行事踏實、待人和藹可親。自幼聰穎好學，畢業於板橋國小、成功中學及淡江大學外文系。善於詩歌吟唱，能寫一手好詩，音樂造詣亦深，是板橋出名的才子。

他是板橋三陽機車經銷業務的負責人，也繼承父親板橋鐵路貨運承攬事業。經營事業講求誠信、服務，所以聲譽卓絕、業務鼎盛。

楊前社長成長於溫暖快樂的基督教家庭，三十歲時和廣播界佳人林貴美小姐結婚，夫妻恩愛，家庭美滿，育有一男三女，皆品學兼優，學有專長。夫人楊林貴美女士是資深績優的民意代表，也是板橋中區扶輪社的前社長，服務鄉里，為民喉舌，深受市民愛戴。

一九六七年，板橋扶輪社成立，楊前社長取名Honda。一九七六年就任板橋扶輪社第十任社長，當時國際扶輪（一九七六～一九七七）的主題口號是「我信扶輪」（I BELIEVE IN ROTARY）。

楊社長在就職感言說：「『十』是基督耶穌釘在十字架，犧牲生命為萬民贖罪的表徵，也是博愛的表徵。我們扶輪精神的根本也是博愛，團結各階層的愛心，為社會人群服務。」由此可知，楊社長不但是位稱職能幹的社長，也是位虔誠的基督徒。

事業的科學就是服務的科學，服務最多者獲益最大。所以扶輪社的宗旨，從早年的「事業上的合作」，到一九七六年（即板橋扶輪社成立十週年）便推廣為「服務人群」，觀念更崇高、影響更深遠。

一九七七年二月十日Honda社長輔導成立永和扶輪，並寫賀詩一首，以示祝賀。詩云：

「扶輪創立永和中，
端賴諸賢輔助功。
克己通情資國策，
利人廣益振仁風。
徵求眾志揚天下，
願卻私心協大同。
處事自知能事少，

期將表率溥西東。」

永和扶輪社自成立以來，不斷成長茁壯，現在已經枝繁葉茂，是資深績優的扶輪社了，這完全仰賴楊前社長的輔導之功。

Honda社長是板橋北區扶輪社的籌備主委，也是板橋南區社的總監特別代表，盡心盡力，為扶輪奔波，確實是功在扶輪。

板橋扶輪公園是三十幾年來，板橋最重要的地標之一。進出板橋，無論路過回家，都有路標指引並指出時間，使過路的暢通經過，使回家的欣喜回巢。這項重大社會服務工程，在楊前社長的任內啟動，並於一九七七年板橋扶輪社授證十週年慶典時，捐獻給板橋市，由市長郭政一先生代表接受。

每週例會，Honda社長都用心規畫，要例會的節目具有教育性，富於創意及趣味性，以吸引社友們的參與，來提高出席率，增進社友之間的友誼及豐富社友的知識。

「爐邊會議」是為了加強社友間的聯誼及請社友提供對社務的意見而舉辦。地點以新社友的公館為優先，並以茶點方式招待。楊社長全年舉辦六次爐邊會，節目精彩，讓社友印象深刻。

國際扶輪第三四五地區，地區總監巫永福於一九七六年八月二十六日蒞

臨公式訪問，那時社址在臺北縣立圖書館三樓，因楊社長表現傑出，獲得巫總監讚賞，當面加以鼓勵。

職業服務於一九七七年五月十一日（星期三），在板橋後埔國小舉行。這是板橋扶輪社協辦海山西區國小體育教學研究會教職員運動大會。參加的小學老師很多，辦得非常成功，老師們威風凜凜的進場，場面多麼感人。整齊、漂亮的大會舞多麼雄偉。老師們返老還童的天真情景，多麼溫馨。

一九七七年六月十日是個風和日麗的大好日子，也是板橋扶輪社授證十週年的大喜日。在吉立餐廳，和永和扶輪社舉辦聯合例會，同時和日本高岡社續盟八週年，和韓國水原社締結姊妹社，使國際服務又向前邁進一大步。

韓國水原社是板橋扶輪社的第三個姊妹社，在Honda社長任內完成，當時韓國水原社的社長為崔泰連，兩社間的金蘭之交，對日後中韓文化交流，國民間的親善與和平，有極大的幫助。

Honda社長上任以後，如展翅上騰的老鷹，如快馬飛奔蹄不停，是光輝的第十屆，是傑出的好社長。

Honda前社長最讓人津津樂道的名言是：「當社長，要替全體社友洗腳。」就是說，當社長的人要謙沖自牧，要盡力替全體社友及寶眷服務。

一九九四年八月九日，楊前社長心臟病發，蒙主恩召，享年六十四歲。消息傳來，全體社友都感到深沉的悲傷與哀痛。

**楊前社長，您佳美的腳蹤，將永留人間；您對社會人群及扶輪的貢獻讓人懷念。**

# 四、附錄

# ◆婦幼良醫錄

## ——陳文龍・行醫半世紀，以守護婦幼健康為使命

張玉櫻（一〇〇年三月《嬰兒與母親月刊》）

半個多世紀以來，臺灣婦產科醫界從成長期、全盛時期，到如今面臨了「招不到年輕醫師投入婦產科」的困境！但這一路上有許多為臺灣貢獻了半世紀的婦產科醫師，值得我們尊敬！希望能夠有多一些向這些良醫看齊的婦產科後輩，來繼續守護臺灣婦女！首先讓我們從陳文龍醫師看起。

### 出生貧窮，立志向學

陳文龍醫師，行醫四十三年，在板橋擔任第一線的基層婦產科醫師也已經三十六年了，他見證了婦產科的成長與全盛時代！他在一九四一年出生於臺南安平的貧窮漁村，父親和哥哥以捕魚維生，每當海上狂風暴雨時，常讓家人很擔心，而且沒魚可捕時就沒錢。所以他媽媽不希望他也去捕魚，要他

好好讀書，而陳文龍也知道只有靠讀書才能翻身，才能改善家裡的環境，所以很認真在求學。

還好他從小的成績就很好，爸媽就算四處借錢也要給他讀書。苦讀的結果，高中考上臺南一中，大學考上臺大醫科，這在當時就像考上狀元一樣，整個漁村放鞭炮為他慶祝！

## 拮据的小醫生

陳文龍醫師在一九六七年醫科七年級時，和畢業自臺大護理系的太太黃素英結婚。畢業後當兵回來，先在臺大醫院新生兒科當住院醫師，那時的薪水很低，住院醫師一個月才一千五百元，太太當護理督導月薪三千五百元，他的爸爸還要捕魚維生，港口的守衛問他爸爸說：「你不是有兒子在當醫生了，為何還要捕魚？」他爸爸很樂天的說：「我兒子還在當學徒啦，我不捕魚沒飯吃啊！」後來陳文龍醫師去馬偕醫院婦產科，月薪七千元，收入比較好了，他爸爸才不用再捕魚，爸媽就來臺北幫陳文龍醫師照顧小孩。

## 背負必須回國服務的歷史使命

一九六八年，陳文龍醫科畢業，當時婦產科很夯，又正值婦幼衛生加強的時代，也是家庭計畫推廣的時代，他就計畫以後要開一家婦幼醫院。但為了維持家計，經由馬偕醫院的前輩李慶安醫師的介紹，到板橋蘇婦產科代診一年，這時一個月就跳到四萬元了！當時大家都流行去美國就不回臺灣了，陳文龍醫師說：「可是我擁有一個月四萬元的高薪，我認為不需要出國，但其實又不甘心沒去美國看看外面的世界，於是請蘇醫師先從美國回來頂一年；一九七三年我就帶著妻兒到美國的婦產科醫院服務一年，觀摩先進國家的醫療；一九七四年回臺灣，繼續在蘇婦產科代診；一九七五年蘇醫師就把醫院賣給我了，正式成立『板橋陳文龍婦產科診所』。」

「其實當時很多人都說我怎麼那麼傻，幹嘛還要回臺灣？因為那時流行去美國，美國醫生的待遇比臺灣多好幾倍，加上臺灣政治局勢不穩定，但我還是回來了，因為我有歷史使命！如果大家讀完書都跑去美國，不顧家裡，我擔心以後家鄉安平的小孩都不能讀書了，所以我非回來不可！」

## 開婦產科診所，感恩回饋鄉里

開了自己的診所之後，剛好碰上一九八〇～二〇〇〇年婦產科的全盛時期，陳文龍醫師說，每個月接生一百多個小孩，原本想開婦幼醫院的，沒想到光接生就做不完了！有了錢，他幫兄弟姊妹買房子，自己跟兄弟姊妹的小孩承諾，只要能讀書的，他都供應。如此照顧兄弟姊妹，是他爸媽最高興的事！

有了盈餘，抱持著回饋感恩的心，陳文龍醫師跟媽媽開始捐錢、捐書給他的臺南母校西門國小，因為他現在有能力了，就想幫助像他小時候一樣繳不起學費的學童，也以金錢資助比較窮的親戚，所以後來陳文龍醫師的媽媽還被推選為模範母親呢！

## 特別照顧窮人

由於自己是貧窮出身，所以陳文龍醫師會特別心疼一些窮病人，例如曾有一個難產的產婦被助產士從三峽帶來他的診所，拜託陳文龍醫師接手生產，但產婦沒錢，那時住院開刀需要一筆保證金，她根本不可能去醫院，可

是再拖下去，母、嬰都會死！於是陳文龍醫師立刻幫她剖腹產，並且送她還很好的舊衣服。結果當時只有地、沒有錢的這戶窮人家，後來靠著地翻身了，居然變成了有錢人！陳文龍醫師說：「後來這一家三代都來給我接生跟看診，他們的小孩結婚生子也都會送禮、送紅蛋給我，表示當年的感謝，我也是非常開心！」

## 全心投入基層婦產科醫療業務

陳文龍醫師說：「我經歷了婦產科的成長期，曾經摸孕婦的肚子以為是臀位，結果生出來是個無腦兒！那時都靠摸跟聽，完全靠本領，有時聽胎心音、做內診，結果摸到臍帶（臍帶先露），若就這樣生，臍帶受到壓迫，寶寶會死，必須立即剖腹。產科最重視的就是『母子均安』，有時碰到生不出來的，產鉗或吸引器一使用，通常就能順利生出來了，所以那時我的診所的剖腹產率只有大約三％。」

「我還曾經接生過夫婦都是侏儒症，侏儒症女性的體型跟骨盆都比較小，但胎兒的大小是正常的，所以通常產程會比較長；他們待產了好幾天還是不願意剖腹開刀，因為他們沒錢，也認為比較危險，而且開刀後回家要休

養比較久、不能馬上工作，所幸我幫她們順利把小孩生出來。我的老師跟同業知道之後，都說我這樣做太危險了！但其實我有一直在監控，她只是產程比較緩慢！所以我的診所當時的剖腹產率只有大約三%，其他醫院診所也只有五~七%，跟現在比起來都算低，因為以前難產時都是靠產鉗或真空吸引器，再不行才會剖腹產。但現在夫妻生的少，大家又怕醫療糾紛，所以剖腹產的機會就增加了！」

「我的診所開業二十四小時服務，隨時都有人要生產，狀況也多！例如臀位，在家生卻頭卡住了，送來我這裡我都能用自然產幫她們接生出來。開業將近四十年，我幫很多母女檔、婆媳檔接生，實在很有意思！」

## 其實壓力非常大

近四十年來，產科醫學突飛猛進，科技越來越發達，剖腹產率反而越來越高，現在如果是臀位，幾乎都不會自然生，剖腹產比較安全，為了「母子均安」！在以前，只要做了剖腹產，第二天前輩醫師都會一直問「有剖腹的適應症」嗎？我們就必須解釋清楚！

當婦產科診所醫師的使命，就是要訴求「母子均安」跟「省錢」。但產

科何時會出問題都不知道，也常有進來時好好的，卻突然發生狀況，要跟家屬解釋很久，花很多時間溝通，幾乎整個人都投入診所業務，所以婦產科開業醫的生活品質實在不好，壓力非常大！

## 幸好有賢內助打理一切

陳文龍醫師說，身為婦產科醫師的太太很重要，所以他太太也是很辛苦！還好陳太太有護理跟公衛的專業，對婦嬰衛生很內行，她申請去防勞局受訓，讓嬰兒可以在他們的診所打預防針、做嬰兒健檢。而且陳太太很勤快，因為陳文龍醫師看診太忙，每天只能巡房一次，陳太太就每天早晚親自巡房看產婦、幫她們按摩子宮，檢查有沒有產後出血的問題，假如發現問題再趕快找陳文龍醫師處理。而且陳太太因為是公衛出生，所以很擅長幫嬰兒洗澡及協助產婦餵奶，因此產婦都很喜歡她！

陳文龍醫師很感性的說：「我真的很感謝心疼我太太，她跟著我苦很久！剛結婚時沒錢，分開住宿舍，後來到馬偕醫院上班才有錢可以租房子一起住；太太一下班就從我爸媽那邊接手帶小孩，還每天幫小孩帶便當、關心他們的功課跟交友狀況，所以我的孩子都很好，這都是太太的功勞！我們結

婚十幾年都沒看過電影，因為沒錢也沒時間，但太太卻不喊苦，她說跟家人在一起就很快樂！」

就是有這樣的賢內助，把診所業務、用人跟衛生盯很緊，加上他們給護士的薪水是最高的，讓護士可以全心投入，所以在陳文龍醫師診所的護士都做很久！「我太太是我的醫院跟家庭最好的幫手，我真的非常感謝老天爺給了我這麼好的太太！」

## 有子傳承衣缽

陳文龍醫師說：「我有三個小孩，兩男一女，現在都從事醫療相關職業，應該都是受我影響。大兒子陳子健現在在馬偕醫院當婦產科醫師，大媳婦是萬芳醫院婦產科的林怡慧醫師；二女兒臺大復健系，現在在美國夏威夷做醫院財務管理；小兒子原本是讀臺大森林系，後來自己決定重考，考上中國醫藥大學牙醫系，他說牙醫師有專業，但可以自己安排陪小孩跟太太的時間，不會像我這樣工作日夜顛倒，忙到他們小時候，只能在診所樓下看到我。」

## 開始推廣預防醫學

陳文龍醫師回憶說：「診所的業務比較上軌道之後，周碧瑟教授邀請我去小學演講，推廣子宮頸抹片篩檢，讓小學生催他們的媽媽去做抹片，我和幾位護士跟著抹片車親自到板橋各鄉里做抹片，因為不用到醫院去，所以接受度還滿高的，後來又深入臺北縣（現為新北市）其他地區。大力推廣與篩檢之後，臺北縣婦女的子宮頸癌罹病率很明顯的下降了，可見我們的努力是很有成效的！」

「當時臺北縣衛生局長李龍騰很肯定我的投入，請我訓練臺北縣的婦產科醫師裝避孕器（樂普），結果很有效的人口節制就出現成果了，所以我去年被推舉為『板橋百大』，深感榮幸！」

## 診所轉型為「青少女衛生門診」

陳文龍醫師說，二〇〇〇年之後出生率一直降低，於是我的診所也開始面臨轉型。因為經常看到無知的青少女懷孕生產，不能調適、無法撫養小孩，我跟太太認為青少女應該是快樂享受青春的年紀，剛好國健局認為先進

國家都要有青少女衛生門診，便經由太太學妹的推薦，我們申請加入「幸福九號」青少女衛生門診的行列，把診所改裝成比較溫馨且隱密的設計，開始輔導青少女有正確的性知識與避孕知識，以及協助青少女處理突發的事後避孕。

萬一懷孕了，我和診所的心理諮商師（我的二媳婦，臺安醫院的心理師蕭夙倩）會共同輔導小情侶，並請來母親或父親來共同面對問題，要不要生、生了是要自己養或出養（會請勵馨基金會的人來協助辦理出養）的問題，並促進他們的親子溝通，很多經由我們的輔導之後，親子關係反而更好了，父母才知道對孩子的照顧不夠。

假如不生，我們也會告訴家長及小情侶，說這只是受精卵而已，不是殺死小孩，才不會增加青少女的心理負擔。就曾經有在別處做人工流產的青少女，來的時候是愁眉苦臉，經過我們的心理輔導之後，開心釋懷的離開了！

所以我認為婦產科不是只看病，而要看整個人，我的診所有醫師、心理諮商師，結合完整的社福單位。還有做子宮頸抹片、婦科及產科超音波，有幫孕婦產檢，但不接生了。可是難免還是會碰到緊急要來生產的狀況，我的接生設備都還有，可以馬上幫產婦接生或開刀，不然就轉給在馬偕醫院的大

兒子。

## 半世紀婦產醫療的使命與驕傲！

行醫將近半世紀，陳文龍醫師說：「我深感當醫生是一個火種，對家庭、社會都有好處，若能結合社福單位一起做，則能收到更大的行善效果。尤其我身為婦產科醫師，當接下新生命，聽到新生兒哇哇的哭聲時，就很開心、很有成就感！當碰到婦科急症，救了一個婦女就是救了一個家庭！所以每當我的扶輪社友開玩笑問我說：『你一天到晚蹲在那，有什麼成就？』我就說，幫助一個家庭迎接新生命、挽救婦科急症的婦女、教導青少女如何愛護自己並指引她們正確的人生方向，這種心靈的快樂，不是企業家幾百萬能比的！因為我的團隊的努力救了一個家庭，雖然很辛苦但很快樂！」

陳文龍醫師的這一番話，希望能讓不願踏入婦產科的年輕醫生，或後悔踏入婦產科的醫師，一些點醒！也希望民眾們能多給二十四小時為婦女貢獻的婦產科醫師一些鼓勵的掌聲！否則，萬一十年後真的找不到婦產科醫師幫臺灣的女性接生時，受害的是婦女自己啊！

# ◆溫柔的恩慈——陳文龍醫師

鄭頻

中華民國防癌篩檢中心是一個醫療公益團體，已經成立二十年了，多麼不容易啊。

董事長是我的醫生朋友陳文龍，他願意回饋社會，願意發光發熱，讓我們的國家更好，我是深受感動的。我知道，這樣的劍及履及，並不是人人都能做到的。因為有的人只在意一己的飛黃騰達，從來不曾顧念他人。人，的確有千百種。

陳醫師，一直是讓我尊重的。他願意走入基層，在母校設立獎學金，鼓勵優秀清寒的學生上進，願意在自己的醫院創設青少年生育保健親善門診，願意進入學校、社團推廣健康教育、宣導愛滋防治，更進入偏鄉，替婦女做子宮抹片檢查。如此任勞任怨，卻仍一本初衷，數十年如一日。這樣的精神，讓人感動。

他努力活出了上帝的愛，也成為我們的典範。

我很高興認識了他，不必向古書裡去追尋學習的榜樣，而是在真實的生活中看到了美好的德行，讓我感覺加倍的溫暖和興起「見賢思齊」，想要起而效尤的動力。

他獲各式各樣的獎，如「預防保健奉獻獎」、如「醫療公益獎」等，我都非常認同那是實至名歸地讚賞，一切的獎項都只不過是對他真誠恩慈的印記。

一個腳踏實地、奉獻心力的好醫師，一個滿懷愛心、認真工作且與人為善的人，是值得景仰的。

溫柔恩慈，讓他發光，給了這個世界更多的溫暖和力量。

## 中華民國防癌篩檢中心簡介

一九七三年為防治子宮頸癌，臺灣省醫師公會吳基福理事長成立「社團法人中華民國防癌協會」以為宣導；同年成立「臺灣地區婦幼衛生中心」負責子宮頸抹片的篩檢。到一九八六年防癌協會為各醫院、診所，檢查子宮頸抹片已年近六萬件，以送到陽明醫學院醫技系的件數最多、時間最長（一九八一至一九八九年）。

一九八七年徐千田醫師接任防癌協會理事長後，陽明醫學院醫技系通知要停止代檢子宮頸抹片，終於決定在防癌協會內，自行成立「細胞檢驗室」，遂於一九九〇年請阮正雄醫師設計規劃細胞檢驗室，並特請阮正雄醫師、鐘坤井醫師為兼任臨床細胞指導醫師。後基隆長庚醫院的病理科主任李寧醫師建議成立防癌篩檢中心。一九九二年六月徐千田理事長因病去世。

為因應健保，一九九四年通過將成立「中華民國防癌篩檢中心」。一九九五年健保開辦後，最為尷尬的卻是防癌協會細胞檢驗室不被健保局認可為醫療事業單位，不能加入承辦健保檢驗給付，原因在防癌協會是社團法人而不是醫療財團法人。一九九五年七月十七日向臺北市政府衛生局申請開業，七月二十日准予登錄為「財團法人中華民國防癌篩檢中心」。

中華民國防癌協會除推行子宮頸癌防治計劃之外，於一九八三年二月推出的「結腸直腸癌全面篩檢計劃」，一九九四年後用免疫法糞便潛血反應為篩檢大腸癌的工具，如今已成為政府衛生單位廣為採用做為民眾兩年一次大腸癌篩檢的利器。

二〇〇八年十一月第四屆第三次董事會會議通過機構名稱為「臺北防癌篩中心」。二〇〇九年十二月第四屆第六次董事會議，董事葉文德醫師、陳

文龍醫師特別提案：「在年度收入結餘款裏提撥百分之十；其中三分之二捐助中華民國防癌協會，三分之一捐助徐千田防癌基金會，分別使用於醫療救濟及社區服務。」子宮頸抹片的業務在二〇一〇年度出現縮減。

二〇一一年十月吳運東董事長任基屆滿，陳文龍董事經董事會選為第五屆董事會董事長後，再度使子宮頸抹片和病理切片的業務再增長起來。二〇一五年八月二十四日慶祝篩檢中心成立暨完成法人登記二十週年，後並出版紀念輯。陳文龍董事長續任第六屆董事長。

**【鄭頻】**

曾任中學教師，並獲教育部教學優良獎。目前專事寫作。

作品榮獲中山文藝散文獎、教育部研究著作獎、省新聞處優良作品獎、中國語文獎章，且多次入選文建會「好書大家讀」。

# ◆讚美的晚宴

親橋月刊編輯室

**這一家約會在晚餐**
**讚美，讓陳文龍夫婦和孩子更親密**

每天清晨，陳太太五點就起床了。先把一家人的早點準備好，再做三個孩子的便當，就夠她忙半天；然後，她又趕著開車送他們上學，好在都是同一所學校，省得她奔波，回頭醫院裡還有一大堆的事等著她呢。

* * *

陳文龍是這家人的爸爸，樓下「婦產科」醫院的負責人，也許從家到醫院只不過幾個階梯而已，或者，在別人眼中，他一天根本沒出過家門，但是，事必躬親的態度加上繁忙的醫務，大概對陳文龍而言，咫尺尤甚天涯。

＊　＊　＊

陳文龍夫婦長久以來，都一定在晚餐時間，撥冗和孩子們一起吃飯。

陳太太描述大夥兒圍在桌旁快樂的情形，不由得她笑逐顏開，從這滿意的神情上，讓人也如身臨了盛況地感染他們的愉快。

有些人家吃飯，絕對遵守安靜進食的原則，否則是會有礙消化的，陳家爸爸當醫生應該更講究才是……

「如果大家再不說話，那能什麼時候說呢？」陳太太倒十分放心的樣子，「反而，因為越聊越起勁，興致高昂起來，凡是桌上的菜啦、水果啦，都被吃個精光。」

陳文龍夫婦教養孩子，主張給孩子自然的成長。陳家孩子的天空是寬廣的，但還是有他們的軌道，順勢翔去，自由方可無憾！

聊的話題很多，國內外大事，生活見聞，當然，陳文龍夫婦更要聽的是：孩子們一天中在學校的情形。

「糗事啦，得意的事啦，什麼都談，他們的反應一向熱烈，我們知道他們的表現了，也曉得他們同學之間的大概，這種瞭解有助於父母與孩子的溝通。」

即使有錯的地方，孩子們自己也不加隱瞞，陳文龍夫婦便立刻提出建議指正，要是關係到孩子尊嚴上的，他們保留下來私下解決。

「讓兄弟姊妹彼此知道錯處，自己本身能引以為戒，特別是生活習慣的規範，更需要靠他們互相督促，彼此砥礪。」

難怪陳家孩子這般大方，勇於將自己坦誠出來，他們相信家人會是他們最明最亮的鏡子，映現最真最美的自己於眼前。

這一刻，爸媽便用來讚美，因為孩子們的好處，陳文龍夫婦也不願意忽視。

* * *

提及孩子們的好，陳太太大大地鬆了一口氣：「他們漸漸不用我多操心了，他們已經懂得為份內的事盡力而為，其他活動，我和丈夫概不干涉。」

講求自動自發的結果，老大、老二不經意地就贏得模範生的頭銜，次數不少呢，媽媽的感覺？

「我們當然高興了，因為師長、同學們也一致認同，肯定了他們的優點，雖然，我們早知道了……」

對陳太太而言，日常生活裡，反而是責備才叫人費心思，像「好棒，做

得很好！」倒成了口頭禪似的。

陳文龍同意媽媽讚美語詞的頻繁，但，他認為爸爸的讚美最好以身體語言來表現，例如：拍拍孩子的肩膀，甚至將他們高舉起來。

「父親和母親的形象還是得有所差距，讚美的話，父親要比母親講得簡短扼要，父親應該穩重沈默，這一切關係到孩子將來對自身角色的模仿和扮演，父母在此時就當有帶動他們認識的責任。」陳文龍侃侃而談。若父親必須威嚴的前提下，他確實恰如其分。

陳家老大剛升上高二，老二今年考上北一女，老三初二，三個孩子的個性據說有很大的不同，他們接受父母的讚美反應也各有差異。

陳太太對他們瞭如指掌，「老大最像爸爸了，就會覺得老當人家面前讚美他，肉麻死了；老二是女孩子，喜歡撒嬌，當然喜歡人家說她好，說她美了，老三還小也愛媽媽對他親熱。」陳太太依據年齡、大小、性別、個性的不同，給予孩子各式的讚美。

比起陳文龍的嚴肅，陳太太便顯得溫柔，絕對的女性了呢。陳文龍夫婦的讚美，對他們的孩子更有一層特殊的含意。

老二對繪畫有濃厚的興趣，對家事勞作也十分熱絡，問及什麼時候最希

望得到爸媽的讚美，她毫不考慮就說，當她把創作拿出來時：

「媽媽讚美了，還說我很有天分呢。」

老三是個很善感的小男孩，他不喜歡有「企圖」的讚美，因為那會帶來壓力，讓人都要喘不過氣了。

他們接觸過其他同學的父母，也聽過同學傳述各人家庭生活，陳家孩子不免暗自慶幸自己父母的開明和體恤。

他們的父母不以權威性的模式要求他們，就是在行為上的引領，也訴諸誘導的方法而非命令，他們也都能夠明白父母的心意，即使讚美也是。

＊　＊　＊

獲得讚美，給孩子帶來無比的喜悅。陳文龍在孩子每次展示好的成果時，卻往往潑冷水。他先跟孩子們確實讚美一番，誰知他接著又道：

「可是，你有沒有想到，那些生長在環境比你差的孩子，放學回家還要幫忙幹活兒、做家事，他們表現在各方面的，有些也是非常優秀，他們得到的讚美應該比你還多才是。」言下之意頗為掃興，到底為什麼？爸爸竟像很不甘心讚美似的？

陳文龍解釋說：

「讚美，能讓孩子覺得自己的努力有了回報，如此一來，他今後會越做越好；但，讚美如果過量了，也很容易造成孩子的驕傲、自滿，就阻礙了他繼續進步的機會，那多可惜？」

所以，陳文龍幫助孩子冷靜地分析，客觀地讓孩子了解他是不是真正的「成功」了？

「孩子獲得的讚美應是他該得的，他斟酌份量，覺得『超重』了，也可成為一種鞭策，促使他勇往直追，虛心求進。」

陳文龍回憶自己的父母——中國傳統的父母，他們確實很少對孩子以言行表示讚美，但他覺得並非吝情，或觀念上「怕寵壞」了的嚴肅，而是在於習慣，因為我們的民族性推崇和接受讚美的一方，往往不能習慣西方式的示愛。

陳文龍不認為這種「習慣」不好，以他本身為例，他就能夠從父母的表情中懂得了他們的讚美。

「讚美的傳達，事實上原本就該看對象，要在對方樂於接受這樣方式的訊息才致完備，否則再真誠再熱情的讚美，也會讓人反感的。」

陳文龍擔心的是，父母親連「含蓄」的示意都拒絕了，那才是最糟糕。

「孩子有好的表現就該讚美，讚美具有的鼓勵意義，正面價值大於負面價值，爸爸媽媽對於賞罰原就應當分明，不要一味偏執於嚴懲的補救。」

＊　＊　＊

每天，這一餐總是吃得盡興，意猶未盡，久久不散，陳太太一次一次催了又催，她知道討人嫌，但，飯後大夥兒還有自己的事必須「按部就班」，她只好扮壞人了。

好在他們還有明天、後天……更多的「讚美」的晚餐，等待著他們！

（本文原刊載於《親橋雜誌》創刊號，一九八五年十月，臺灣，臺北）

# ◆傑出的「先生娘」——黃素英女士

林紫雯

在一個風和日麗的春之午，筆者約到極關心母系及系友會的黃素英系友，在新公園（現為二二八紀念公園）前的一家餐廳，海闊天空地聊了一陣，對黃素英有了更深的認識，在此將她推介給各位年輕系友，尤其計畫當「先生娘」的系友。

黃素英是第七屆系友，與蘇美滿、魏玲玲、彭蘭英等同期，於一九六六年畢業於母系。她的工作經驗是多樣化而富挑戰性的：畢業那一年，她被選為中華醫學董事會與臺大醫學院、城中區衛生所合辦的公共衛生護理訓練方案的學員，一年受訓期滿後，黃素英就和同班同學丁美和憑著拓荒者的精神，到設在臺中的臺灣省衛生處第五科任公共衛生護理督導員之職。她倆是臺大護理系畢業生首先向省衛生處進軍的開路先鋒（繼她們之後，陸續有系友去就職）。到任之初，她們經常登山涉水深入窮鄉僻壤，跑遍了中部人煙稀少的高山野地，去推行村里衛生工作。同時也為衛生處第五科修訂護理手

冊。當她們對工作較為熟識後，就展開了全省各縣市的公共衛生護理之督導工作。臺灣西海岸由北到南所有縣市衛生局第五科的工作，在當時都曾獲得黃素英的輔導。這個工作，她繼續做了三年，直到下屆系友林晚生去接她的職位，才離開衛生處，回到母系擔任助教，與汪琬系友共同擔任公共衛生護理學的教學工作，這期間她已與陳文龍醫師結婚生子。繼續了三年教學工作後，到了一九七三年，她為了與丈夫共創屬於自己的事業，毅然離開了母系，全心輔佐陳醫師。

目前黃素英系友和夫婿陳文龍醫師在板橋市的鬧區開設陳文龍婦產科醫院，是臺北縣最具規模與盛名的專科醫院。陳醫師從臺大醫學院畢業後，曾在臺大醫院擔任小兒科醫師，後來轉到馬偕醫院任婦產科醫師，又曾赴美進修。於一九七四年租下一家婦產科醫院，共有一間店面，在短短的數年間，由於陳醫師高明的醫術及黃系友運用專業性的技巧，全力輔助，醫院業務迅速地成長。

在她的家庭及個人生活方面，黃素英最注重彼此的溝通和自然的成長。幾年前，筆者曾與李式鳳老師、余玉眉老師等到陳府餐敘，那時我們就發現她的三個孩子（二男一女）個個聰明懂事、活潑健康、大方有禮，在一流的

學校都名列前茅，且個個都能朝自己的興趣向上發展。陳醫師再怎麼忙，也每天安排出自我充實、寫作、及與家人歡敘聚談的時間。身在陳家，就可以感受到那種和樂、溫馨安謐、幸福的氣氛。去年十月創刊的《親橋月刊》，首先走訪這個令人羨慕的家庭，在創刊號上就詳細報導了陳氏伉儷如何與孩子更親密的妙方。原來黃素英是把在母系時所學的兒童發展的原理、人際關係的技巧及教學原理與方法等帶回她家去實習，得到這麼好的成績。

繁重的醫院業務和家務，根本難不倒黃素英，她認為要自我成長跟上時代必須充分參與社區活動，除了板橋地區的社交活動都儘量參加外，陳氏夫婦也是扶輪社的會員。臺北市內有公開演講時，她也常常去聽講。黃素英開朗自信又易於表達自己的個性，使她很容易和人交往。她說：「我和許多太太們都很要好，要聽演講有聽演講的伴，要買服飾有買服飾的伴，要逛超級市場又是另外的伴……」好充實的生活！真令人羨慕。

從黃素英親口所道出的她與夫婿經營醫院的經驗中，筆者以為他們成功的因素可以歸納為如下幾點：

**一、目標明確**——陳醫師在實習醫師那年就與黃素英結婚，早在那時，他們就訂下共同目標，將來要從事婦幼衛生的服務事業。陳醫師服完兵役

後，就朝著這個目標有計畫地接受小兒科及婦產科方面的訓練及經驗，而黃素英畢業後不畏艱辛地深入民間從事公共衛生工作，深知我們的同胞在婦幼衛生方面需要那些項目的服務。一旦開始了自己的事業，夫妻就彼此緊密地配合，互相支持，服務奉獻，邁向一致的既定目標。他們的成就當然就明顯可見了。

**二、觀念正確**——一般開業的婦產科診所，多半只為病人看病接生就完成「交易」。陳文龍婦產科不同，他們一開頭就在應用婦幼衛生以及公共衛生的各種觀念。黃素英更是把在護理系所學所教的內容發揮得淋漓盡致，她親自為來診的孕婦做完整的產前檢查、衛生教育，生產後，她又親自為初生兒打卡介苗，每週六下午，診所專做健兒門診，為在該院出生的孩子們測量生長發育的情形，做各種預防接種，指導母親育兒知識、副食品的添加等，如果發現來診者有婦產科或小兒科以外的疾患時，他們馬上做轉介工作，且詳細向病人解釋，使病家得到最適切的醫療。黃素英對自己的評價中，視此「觀念的運用」為他們成功的最主要因素。她說：「我很自然地把MCH的觀念應用在病人身上，沒想到很受歡迎，得到病人的信任，一有問題就來找我們。」就這樣，他們的顧客源源不絕，業務蒸蒸日上。黃素英對母系的培

養深深地感恩，因此熱愛母系，關心母系的發展及老師們的近況。她也隨時在注意有無需要幫忙的系友，只要系友進修的目標明確，願意投入本土護理專業的發展者，她都願意伸出援手。

**三、管理得法**——醫院的管理，可以說由黃素英一手包辦，她具備現代企業管理的觀念，靈活地運用在醫院中，由招募人員、工作分配、在職教育、員工福利、激勵士氣等都是根據管理學的原理原則。陳太太得意地告訴我：她的員工都很愛工作，勝任愉快，三班輪值毫無怨言。護理工作方面，先生娘以身作則，每天必定巡視病房，親切誠懇地為病人解決問題。對員工生活的照料，面面俱到，該教導的教導，該獎勵的獎勵，每年還舉辦兩次員工自強郊遊活動。對她的管理，員工們個個心服口服，離職率很低。

**四、勇往直前，突破現狀**——黃素英在與我們（筆者與鄒慧韞系友）談話的當中，重複地、肯定地提到好幾次「我什麼都不怕！」她指的是：她不怕學習新的知識學說，不怕嘗試新的技術、儀器，不怕運用既存的資源，尋找新的社區資源。她勇敢地、毫無保留地投入為姊妹同胞及下一代的健康服務行業中。而她也得到了她努力的成果。

行筆至此，我忽然發現還沒有向系友們形容黃素英系友的外表，各位，

別以為每位成功的女強人都是張牙舞爪氣勢凌人的，黃素英身材苗條，婀娜多姿，五官給人一種很有福氣的感覺，氣質非常高貴，穿著打扮清新宜人，舉止優雅嫻淑。最大的特色在她的說話技巧，她聲調輕柔，表情溫和，但內容卻是堅定有力、條理分明，極具說服力。這個特色恐怕也是護理專業所培養出來的吧！把這當作她成功的因素之一也未嘗不可。

黃素英系友語重心長地勉勵系友們：好好地將在母系所學得的知識、觀念、技巧，紮實地應用在生活中，不管畢業後從事什麼行業，即使是家庭主婦都一樣，母系所傳授給我們的東西，就是系友們最大的資本，應用與否，可以決定您的成敗。她更奉勸系友們，自視要高，要使自己的表現有別於他校護理系的畢業生，樹立母系系友的典範。顧客的眼睛是雪亮的，她親口告訴我，她的病人知道：臺大護理系畢業的「先生娘」，與別家診所大大的不同。

（本文原刊載於《臺大護理系系友季刊》）

# ◆良相佐國

黃素英

## 一、護理督導、提供服務

十幾年前護理師開業的，可以說非常的少。

一九六六年我從護理系畢業後，接受了一年CMB獎學金提供的公共衛生護理訓練，後來又擔任衛生處護理督導及母系公共衛生護理助教。一九七〇年隨先生到板橋開業，便把在護理系四年所學的應用出來，設立健兒門診及預防注射，指導母親們正確的調奶及餵奶方法及副食品的添加，並替嬰幼兒量身高、體重、頭圍、胸圍。經由健兒門診讓母親了解嬰幼兒生長發育過程中各種正常的生理及心理現象，發現有不正常的就介紹到臺大及馬偕醫院小兒科門診，做進一步的檢查。

母親們最重視的是預防接種，也是推行公共衛生的重點，為了貫徹預防接種的作業，我特地再申請到防癆局接受卡介苗接種訓練，取得資格後才能

向衛生所領取卡介苗，在自己的診所接種卡介苗，使每一位在本院出生的寶寶，能享受像大醫院一樣一連貫完整的預注。

當然啦！我並沒有掛出「黃素英公共衛生護理師執業處」的招牌，但做的卻是護理師獨立執業的工作。

## 二、禮聘護士、各安其位

除了護理師的開業工作外，還要幫助先生的婦產科醫療業務。要維持醫院的正常運作，護理人員是不可缺少的，護士流動性太大實在是開業小醫院的通病。

為了要讓護士安於工作，制度好、待遇高是必要的。護士的收入除了固定薪水外，每個月的月底都有福利金。因為收入高，所以嚴禁收紅包，以維護醫護人員的形象。

中南部來的護士，工作了一、二個星期後，她們的家長都會來探望，看看女兒的工作環境。常聽到她們女兒抱怨「先生娘」太嚴，晚上十一點以後沒特殊理由不准外出，隔夜不歸一定馬上通知家長。父母親覺得在醫院上班比在家安全，自然非常放心。

為了提高護理的品質，每一位來我們醫院的護士，我都必須教她們如何做衛教、照顧待產及產後護理、嬰兒室新生兒護理、餵奶方法等整套的正確方法。久而久之，一脈相傳，就成了醫院的作風。除非結婚，護士很少中途離職，大家各安其位，無形中減輕了醫師的工作量，人家說開業醫師常嚐到「校長兼敲鐘」的辛苦，在我的盡力下，「敲鐘」的工作都是由護士承擔的，讓他充分運用專業知識與技術，服務病患才是重要的。

## 三、更新設備、吸取新知

近十幾年來的產科科學突飛猛進，特別是超音波掃描儀發明以後，使許多妊娠初期的合併症，很早就可正確的診斷出來。更重要的是具有公信力，心臟是否跳動，產婦和醫師都能由螢幕看得到。所以待產時心跳聽不到，超音波掃描也看不到心臟的跳動，便可診斷為死胎，產婦和家屬心服口服，可避免許多不必要的醫療糾紛。這麼優異的診斷儀器，不具侵害性，又安全可靠，所以十年前我毅然決然花了一百多萬買下一臺（診所或小醫院，一百多萬是相當沈重的一筆負擔）。

有了新的儀器自然會閱讀許多新書和文獻，也會參加短期的訓練課程。

陳晢堯教授和謝豐舟大夫所舉辦的第一期超音波課程，我和先生都參加，接受訓練。目前，產科掃描我大都能得心應手，做先生的助理。

待產過程千變萬化，產科醫師實在是在剃刀邊緣討生活。自從購買了自動警示系統的胎兒監視器後，胎兒窘迫症狀群便可及時發現。母子平安是產科醫師追求的最終目的，也是我最大的祈求。

## 四、無怨無尤、良相佐國

每天清晨五點半起床，為孩子們準備早餐及便當，早餐通常都準備得很豐盛，這是孩子們在家吃飯唯一的一餐。

六時五十分開車送孩子上學，車程半小時，在車上和孩子談談學校的功課，及小兒女的恩恩怨怨，這樣子我就可以了解學校那門功課教得較差，趕緊找家教來加強。孩子的交往情形也摸得清清楚楚，只要不太離譜的，就由孩子們自己去處理。

回到家七點半，開始出院病人的結帳，每個病人拿到的帳單都列有明細表，讓她們了解錢花在什麼地方，以示公道。

八點潦草吃完早餐，便開始整理家務。一、二樓是醫院，有歐巴桑清

洗，三樓是住家，主臥房及孩子的寢室，都是我親自整理。

到十點，把自己打扮好，便到病房查房，找孕婦閒話家常，並給予衛教。督促護士產後勤快更換產墊及按摩，這是發現產後出血最好的方法，產後出血只要及時發現，通常都來得及搶救，許多悲劇應可避免。

維持醫院的乾淨亮麗是我的一貫作風，所以歐巴桑要盯的很緊。廁所則是評估醫院水準的標的，一定要乾淨且沒臭味。

十一點半上樓準備午餐，十二點到門診結帳，計算門診的收入。

下午是我的私人時間，午覺醒來，便到臥室隔壁的健身房做韻律操。運動是維持一個人的體力、身材及鬥志最有效的方法。

到了下午五點，準備晚餐，六點到門診結帳。

星期六、星期天的晚餐是我們全家人的大餐，孩子們全在家，許多家庭及學校的大事，都在談笑間獲得共識，以謀求合理的解決。

晚上七點半以後的門診是一天最忙的時間，有空我就下來幫忙，到了九點又要開車去接孩子，回到家將近十點，等門診結束結完帳，一天的工作就落幕了。

各位師長、學姊及學妹們，在家庭及診所這小小的王國裡，我算得上是

位稱職的良相嗎？

一位護理師在開業小醫院或診所裡所扮演的角色，你們認為還必須要有增減嗎？

（本文原刊載於《景福醫訊》第五卷第二期，一九八八年八月，臺灣，臺北）

# ◆大地之母

## 模範母親陳蔡抱治
## 母親節憶往心酸酸

方淑貞

慶祝母親節對於今（一九九一）年剛當選安平區模範母親的陳蔡抱治來說，回憶過去辛苦度日的艱苦生活是最難過的一件事，但所幸兒女們個個懂得自動自發，事業有成，也才能讓今年已八十高齡的她，享有今年最榮耀的母親節。

陳蔡抱治回憶過去，先生因靠捕魚為生，三天兩頭因天氣不好，捕魚不成，全家生活就得靠她洗衣貼補家用。

常常，陳蔡抱治一天都要洗三、四十家的衣服，傍晚時候，再到附近海邊撿拾木麻黃，供作晚上燒水之用，一次因為方才大雨過後，河岸邊滑落異

常，陳蔡抱治一個不小心連同晚上取火的木麻黃一起跌落河床下，晚上七點多，在家裏等待晚飯的孩子們一直等不到媽媽回來，一路尋來，才發現母親跌落在河岸下，孩子們年紀小，使不上力，眼看著母親爬不上來，只好岸上、岸下哭成一團，後來還是靠著附近警察叔叔的幫助，才得以解困。

家裏貧困，所住的寮房僅僅一張床，能讓五個孩子勉強擠在一塊兒，陳蔡抱治就只能睡在地板上，遇到下雨，房裏積水，陳蔡抱治無處可睡，就只能乾掉淚。

一回憶起這些窮困的過往，雖然目前已有高樓可住，但陳蔡抱治仍不免心酸，她說以前因為家裏貧窮，供不起孩子唸書，但偏偏老四陳文龍從小功課特別好，臺南一中畢業時，老師不停遊說要讓陳文龍繼續升學，陳蔡抱治最後還是讓陳文龍升學了。

而陳文龍也果然不負所望，高分考取臺大醫科，在執業當醫師之後，不斷地回饋鄉里，且更加孝順母親，不僅幫兄弟姐妹及母親安置好住所，且以母親的名義在母校西門國小成立獎學金，嘉惠學弟妹，也彰顯母親的偉大。

（本文原刊載於一九九一年五月九日，
《中華日報》，臺灣，臺南）

# ◆一朵思念

## 一朵思念，成了生命中最美麗的風景。

琹涵

最近，我讀了陳文龍先生的〈慈雲悠悠〉和〈多少事，要與誰人說？——永遠懷念母親〉，分別是追念他的父親和母親。那質樸無華的文字，卻極為感動人心。

即使沒有華美的詞藻，以炫人耳目；即使沒有高超的技巧，以奪人心魄，然而，由於發自至情至性，依舊感人極深。

一個漁村的窮苦家庭，如何在艱困的境遇裡，栽培出優秀的醫生？一個家境窘迫的孩子，又是如何憑藉著堅苦卓絕的毅力，成為出類拔萃的人才？父母雖然生計艱難，但給予的愛和教導，並未減少絲毫。

小三的暑假，他和父親在鹽水溪撈些小魚蝦，父親在竹筏前撒網，他則

在後頭撐竿。因力道不足，方向偏差，只網到幾條小魚，父親沒有責備，只拉起他的手說：「這麼柔軟的手掌，幹不了粗活，你好好的用功，我會盡力讓你讀書。」道盡了父親對他的憐愛。大學時每次暑假結束，要準備北上讀書時，行李都由父親捆綁，父親常說：「做人就像捆行李一樣，要實實在在才好。」又曾說：「窮人要翻身，只有靠讀書。……有餘力時，一定要懂得回饋。」句句叮嚀，都是良好的庭訓。在他當了醫生以後，父親更要他體貼病患的奔波和窮苦，儘量給予方便和減免。

漁家是靠天吃飯，收入極不穩定，母親每天清晨出門，幫人洗衣服來貼補家用，難免有粗心的人，將文件或錢忘在口袋裡。母親一一奉還，她說：「不是自己的錢，一分錢也不能要。」嚴謹如此，讓人感佩。小學的寒暑假，他也要幫忙家計，清晨賣油條，下午賣碗粿或冰棒。一天，遇到班上的女生買油條，他轉頭拔腿就跑，竟然摔倒，再不肯去賣，母親說：「我們不偷不搶，靠勞力賺錢，沒甚麼可恥。只要你成績好，同學就不會看不起你。」當兒女長大，家境寬裕了，母親捐錢助人，她說：「現在我們有餘力了，要默默地去幫助別人。」

文章裡，沒有花俏的詞句，都是一些小故事連綴而成，然而質樸動人，更能讓我們清楚的知道：怎樣的好父母，造就出怎樣的好兒子。

如今，父母都已仙逝，然而，在人子的心中，又何嘗有一日或忘父母浩瀚的養育之恩呢？

只是，當年父母的言教身教，早已點點滴滴融入了自己的生命之中，這樣的愛和智慧足以傳承，一代又一代，流轉不息。

而思念，如雲朵一般，飄浮在天際，一日又一日。

二〇〇七・〇三・〇五

## 【琹涵】

本名鄭頻。

曾任中學教師，並獲教育部教學優良獎。目前專事寫作。

作品榮獲中山文藝散文獎、教育部研究著作獎、省新聞處優良作品獎、中國語文獎章，且多次入選文建會「好書大家讀」，幾乎每本書都獲行政院

新聞局、教育部及臺北市政府新聞處評定為「年度優良課外讀物」。

多篇文章先後被選入國中國文教科書，以及海外華文教科書；另有多篇小品文被選入聯考及北一女等名校推甄考試的閱讀測驗中。

著有散文集《陽光下的笑臉》、《心中桃源》、《心海微瀾》（正中書局）、《天天天晴》（正中書局）、《像清泉一般》（正中書局）、《心靈花園》、《野地百合》、《溫暖的心》、《情牽一生》、《典藏深情》、《森林香草集》、《生活的簡單滋味》（正中書局）等；兒童文學《永遠的陽光》、《我愛公車》、《外婆的秘密花園》等，共五十餘種。

# ◆老同學

黃富源

一九六八年臺大醫科畢業的同班同學，大部分在服過兵役後，按照當年的規定到醫院工作兩年，就到美國當醫生了。像曾經是我大學室友的博文、錦文、龍雄、穎明，甚至常來寢室聊天的臺北人弘宣，都已在美國落地生根。留在臺灣的，除了瑞金與振成，就以文龍兄交情最為長遠。

## 一起當家教

我們兩人，一個是漁夫之子，一個是農夫之子，都是個性純樸直率的臺灣南部人。記得求學時代，除了努力讀書之外，為了貼補生活費，有機會就抽空當家教。

大二時，我們共同擔任一位公司大老闆兒子的家教；他教化學，我教物理。不知何故，這位大老闆常常遲發我們薪水，而我們又不敢開口要。可憐兩個「古意」的年輕人，無可奈何，真是難兄難弟啊！

## 老式好男人

文龍兄是班上第一個成家的。娶了母校護理系畢業秀外慧中的賢妻素英姐。記得他和我一起在臺大醫院小兒科擔任第一年住院醫師時，為了週末要到南部探視妻兒，有時我會代他值班。

後來他轉到馬偕醫院婦產科擔任兩年住院醫師之後，便到板橋開設婦產科診所了。從此開始貢獻基層醫療，至今不懈。我不僅佩服他的耐心善心對待病人，最難忘的還是他對我說過的一句話：

「有些男人，事業成功賺錢之後，就嫌另一半是黃臉婆，而拋棄共同打拼多年的妻子，真是要不得！」

我十分認同。

文龍兄開業非常成功，但他一直信守對婚姻的承諾。他的這句話也常銘刻在我心中。我們的老同學瑞金兄，和嫂夫人分別住臺美兩地近二十年，同樣忠於妻子，不知是否也聽過文龍兄的建言？

## 生病住院時

有一次他生病住院。出院後對我說：「無論自己的身體遭遇到什麼病痛，為了照顧父母妻兒，也要努力工作到最後一分鐘！」真是俠人俠語！

猶記得我在R3（第三年住院醫師）因患病住院時，文龍兄常來探望我，持續將近半年之久，帶給我許多溫暖。而他之前所講的那一句話，直到二〇〇三年我第二次生病期間，仍舊常常出現在耳際鼓舞我。

## 推薦我去馬偕兒科

太太常說，我們從一九七二年夏天到馬偕任職至今，她都一直記得文龍兄是我們的恩人。我問何故？

原來，到馬偕醫院工作，是他將我推薦給當年兒科蔡炳照主任的。此後我的生活無後顧之憂，才能夠全力為馬偕兒科的擴展來努力，也能貢獻更多心力給醫院和病人。太太說得沒錯。

## 具有慈心的開業醫師

文龍兄由於有護理師夫人協助管理診所業務，並以專業技能帶領護士們，所以執業十分成功；在生育率高的那幾年，他們的診所的確造福許多婦女朋友。除此之外，文龍兄陸續寫過好幾本衛教書籍，教導女性如何保護自己的身體、促進身體健康；也到各中學演講性教育議題，並且主持一個青少年性教育門診中心……。凡此種種，深受衛生署國民健康局的讚賞。

如今文龍兄已有婦產科及牙科醫師的兩位公子克紹箕裘，早就可以退休了。但他認為，跟著他們多年的老護士以及工作人員，背後都還要撐起家庭經濟；所以他仍舊繼續看診，不為賺錢，只為支付薪水給老員工們。

我的老同學中，有中央研究院院士、有大學校長、有醫學院院長、科系主任、教授……，但文龍兄仍是我最敬佩的同學之一。

# 【黃富源教授】

**一、現職：**

馬偕紀念醫院小兒科資深主治醫師

**二、學歷：**

一九六一～一九六八　臺灣大學醫學院醫科畢業

**三、經歷：**

一九六九・七～一九七二・六　臺大醫院小兒科住院醫師

一九七五・七～一九八六・六　馬偕紀念醫院小兒科主任

一九九二・七～一九九六・六　馬偕紀念醫院醫學研究科主任

一九九六・三～二〇〇〇・十二　中華民國早產兒基金會董事長

一九九六・五～二〇〇七・六　馬偕紀念醫院副院長

一九九七・十　教育部部定教授

一九九八・二～迄今　臺大醫學院、臺北醫學院兼任教授

二〇〇〇・五～二〇〇二・六　行政院衛生署副署長（借調）

二〇〇二・五～二〇〇五・四　臺灣兒科醫學會理事長

二〇〇二・七～二〇〇三・十二　行政院衛生署顧問
二〇〇三・一～二〇〇三・十一　中華民國感染症醫學會理事長
二〇〇四・五～二〇〇五・一　行政院政務顧問

**四、專長：**

感染症、新生兒科、小兒腎臟、一般兒科

# ◆陳文龍——行醫濟世四十載的杏林之光

鄭微宣

**板橋芬芳錄**
**一百個感人故事及人物誌**
**愛如一炬之火，萬火引之，其火如故**

從捷運府中站一號出口，轉入東門街，不一會兒在右手邊即可看到「陳文龍婦產科」的招牌，略有歷史感的建築訴說著這位醫師的豐厚資歷。走入診所內，就看見帶著和藹笑容及可親態度的陳文龍醫師，四十年如一日的服務著病患。

## 以婦幼衛生為終生職志

陳文龍出生於一九四一年，一九六八年自臺大醫科畢業後，以「婦幼衛

生」為終生志業的他，一九六九年先在臺大醫院小兒科當了一年住院醫師，一九七〇年再至馬偕醫院接受婦產科的專業訓練。後來經前輩介紹，一九七二年到板橋診所代診；同時，為了觀摩先進國家的婦產科技術，他更於一九七三年至美國服務了一年。一九七四年回國後，一九七五年即於板橋創立了「陳文龍婦產科」，迄今已有三十五年的歷史了。

「在過去那個年代，婦女生小孩都還是產婆接生，所以很多新生兒因為破傷風死亡，或是產後出血過多導致母親死亡，這樣的例子不勝枚舉。所以在我們唸書時，教授很鼓勵我們往當時臺灣最需要的『婦幼衛生』領域發展，因此，這就成為我努力的目標。」陳文龍回憶起當年的醫療需求，說明他的領域選擇。

陳文龍的賢內助黃素英則從臺大護理系畢業，也是公共衛生專家，從陳文龍開業後就在診所協助他，夫妻倆同心協力地推展婦幼衛生相關的業務，從產前產後檢查、孕婦衛生，到新生兒的預防注射等。「當時臺北還沒有私人診所能接種卡介苗，我太太特別去做訓練，拿到接種證照，所以當時來到我們診所，可以從產檢做到兒童健康檢查，能提供給民眾的服務項目很多。」陳文龍表示。

當年臺灣新生兒的數量很多，一九八四年時，診所每月的接生數都超過一百例，於是陳文龍擴充了診所設備、增加病房、增聘護理人員，但即使醫療業務如此忙碌，出身於貧苦家庭的他，還是時時謹記父親曾對他說過的話：「行有餘力時，一定要懂得回饋。」因此，用自己的專業來幫助他人，一直是他心中的一個願望。

## 「Teen's幸福九號」親善門診

陳文龍不但在自身醫療專業上盡心盡力，連投身公益活動亦全心全意。他從一九九五年開始投入「青少年生育保健親善門診」，並在自己的診所內建立了一套完善的設備及流程。

陳文龍說明著當初投入青少年生育保健親善門診的背景因素：「歐美先進國家很重視青少年的生育保健需求，會設立特殊的服務體系。衛生署從多年來的統計數據得知，現在未成年青少年的性行為發生率愈來愈高，未成年懷孕生子的問題也應該被好好重視。」所以，從正確的衛教觀念、兩性交往諮詢、避孕方法諮詢、緊急避孕或終止初期妊娠等，都是青少年生育保健親善門診的服務範圍。

「既然決定要做，就要做到最好！」黃素英笑著說，於是她到了香港、日本等地考察，再將精華帶回臺灣，花了一百多萬元將婦產科二樓改造成一個青少年生育保健親善門診的完整私密空間，在門口掛上「Teen's幸福九號」的標誌，開始為青少年服務。

「青少年生育保健親善門診是一個完全獨立的空間，因為未成年懷孕的少女來診所時，通常都很害怕、不知所措，所以我們要提供她們一個完整私密的空間，可以安心做諮詢及診療。」陳文龍說明。而他的二媳婦蕭夙倩，是臺大心理系畢業的專業心理臨床師，也隨著公婆一起投入親善門診，建立一套完整的流程，從衛教、醫療到心理諮商，一應俱全。「像勵馨基金會也會為這些青少年、少女提供相關服務，但只專注在心理層面，我們是連終止初期妊娠等醫療服務，及事後的心理輔導，一併完整的提供。」黃素英表示。

「當這些不知所措的青少女來到診所時，我們不是強迫她們一定要怎麼做才對，而是一起討論，一起面對。要生或不生，生了之後會面對的問題，我們都會攤開來討論，讓她們完全瞭解。」蕭夙倩說明，在諮詢過程中最重要的一點，是親子之間的關係，如何去幫助親子打開心房、面對面溝通。她

笑說：「這工作賺不了錢，但很有成就感，除了能協助青少女解決心理問題，也間接幫助到了她的家庭；舉凡醫療、情緒、交友等方面的問題，我們都能提供協助。」

## 滿心歡喜投身公益夢想

陳文龍總是抱持著回饋社會的感恩心情，因此在忙碌的行醫生活之外，他更在一九八〇年加入了板橋扶輪社，參加板橋各鄰里的義診，為婦女做子宮頸防癌抹片檢查，二十多年來沒有中斷過。他擔任了第三十一屆的社長，將扶輪社提倡服務社區的理念以實際行動展現，發揮到極致。

同時，陳文龍也接受學校邀約，深入大學、高中、國中、小學等各級院校，講授正確的健康教育觀念，面對面地為學生解答各類問題。他也參與板橋市社區衛生促進委員會的活動，並擔任了第十及十一屆的主委，協助衛生教育、巡迴抹片檢查等活動。

其實從大學時期起，陳文龍已開始於報章雜誌發表文章，講述正確的健康知識及醫療概念，也撰寫了不勝枚數的健康叢書，如《孕婦護理學》、《少女醫學》、《家庭醫學漫談》、《女兒經》、《揮別青澀，健康成長》

等，再到二〇〇九年的最新著作《杏林深耕四十年》，講述他行醫四十年來的心得與觀察。

陳文龍笑著說，已屆七十歲的他，已經能用較輕鬆的態度去面對事業，孩子們也都不用他操心，所以他有更多的心力，能投入如青少年生育保健親善門診之類公益性質的工作，他說：「做公益能讓我快樂、實現自我價值，也使生活更有意義！」滿頭白髮的他，卻仍舊精神奕奕、神采飛揚地，描繪著更多的公益夢想與遠景！

# ◆點燃愛之火炬

琹涵

如果，愛是火炬，唯有點燃它，才能發揮光和熱，也才能照亮更多的角落。最近，我讀《我來自板橋》的書，其中收錄了一百人故事集，真人真事，尤其動人。

非常高興，我們認識的陳文龍醫師也名列其中，的確是實至名歸，堪稱「板橋之光」。

出身貧苦漁家的陳醫師，懸壺濟世已有四十年了。他的「陳文龍婦產科」診所，照顧了無數的病患，成為聞聲救苦的菩薩。

也因著賢內助具有護理專業，彼此幫忙，可以同心協力推展婦幼衛生，為民眾做更多的服務。孜孜矻矻，擦亮了「陳文龍婦產科」的金字招牌，也守護了板橋地區婦幼的健康。

我們對陳醫師更大的敬佩，是他在一九九五年投入「青少年生育保健親善門診」，這是一種特殊的服務體系，用以灌輸青少年正確的衛教觀念、避

孕方法諮詢、以及避孕或終止初期妊娠等等。尤其願意出錢出力將婦產科的二樓改造成私密空間，為青少年提供更完整的服務，從醫療到心理輔導，一應俱全。

不全然以賺錢為目的，而是懷抱著感恩的心，願意回饋社會，陳醫師也接受學校和各界的邀約，願意面對群眾宣揚健康教育的觀念，並協助做各種檢查活動。

他還不斷的寫書宣導，如今著作豐富，他將個人的能力發揮到了極致，只為了讓愛的火炬能照亮更多的人，也溫暖更多的人心。

他做的好，從不以私人的財富累積為優先考量，而是願意投身公益事業，這樣的舉止也讓他的生命更有意義與價值。

# ◆杏林楷模，一脈薪傳

張宏毅

## 壹

一脈薪傳出俊英　杏林楷模享佳評
慧心濟世寬容繫　妙手回春喜氣盈
克紹箕裘揚孝悌　承先啟後惠蒼生
慈懷博愛心常樂　醫界崇榮誰與爭

## 貳

守分安貧志不灰　修身養性豈疑猜
仁心仁術華佗志　醫德醫風扁鵲才
春滿杏林天地闊　香生橘井健康來
仰天俯地心無愧　不枉人生走一回

## 參

莫問人生值幾何　立身行善未空過
謙恭處世人人敬　孝悌傳家代代歌
無我無私能博大　有為有守得安和
身如蠟燭寧燒盡　照亮人間盼更多

## 【張宏毅】

**一、經歷：**

曾任國內外多家銀行經理。

**二、現職：**

新北市板橋區楊家太極拳，武術發展協會理事長，龍山吟社理事。

# ◆讀者回響

## 一、雲／臺灣臺北　二〇〇九・十二・八

內容充實又具有啟發性；
本性的良善與孝心，深深撼動著同樣出生於貧民戶的我。
萬兩黃金未為貴，一家安樂值錢多。
從父母以至子女間的幸福和樂氛圍，給了讀者很好的典範；
賢慧的「先生娘」更是無怨無悔，良相佐國當之無愧。

無可否認的，在陳醫師身上我看到行醫樹德的高潔風範，
也聽見聞聲救苦應化身而度的欣喜。
因此，我想以兩句話做為我對作者（陳文龍醫師）的最誠懇詮釋：
行善之家必有餘慶

積德之人必蒙恩典
祝福深深！

## 二、小綠綠／臺灣臺北　二〇〇九・一・十

如果你有意學醫，走上懸壺濟世之途，這本書是很好的參考書。在質樸的文字間，有許多語重心長的話語，相信是很受用的。我喜歡生活小品的部分，很真摯，也動人。一個窮困家庭的孩子，因著努力，因著本性的善良，終於成了一個讓人尊敬的醫生。其中，有很多的心路歷程，可以給予讀者啟發。

## 三、wish／臺灣臺北　二〇〇九・一・二十五

句句意味深長
醫學是科學，著重於理性
難得陳醫生有這樣的好文采
樸實而可親
很是發人省思

# 真是一本好書
# 真摯而動人

◇讀者回響

杏林深耕四十年 ／ 陳文龍著．--四版．-- 臺北
市：臺灣商務，2017.06
面； 公分. --（新萬有文章）

ISBN 978-957-05-3079-7（平裝）

855 106005547

新萬有文庫

# 杏林深耕四十年

作者◆陳文龍
發行人◆王春申
編輯指導◆林明昌
副總經理兼任副總編輯◆高珊
責任編輯◆徐平
美術設計◆吳郁婷

出版發行：臺灣商務印書館股份有限公司
地　　址：23150 新北市新店區復興路 43 號 8 樓
電　　話：(02)8667-3712　傳真：(02)8667-3709
讀者服務專線：0800056196
郵撥：0000165-1
E-mail：ecptw@cptw.com.tw
網路書店網址：www.cptw.com.tw
網路書店臉書：facebook.com.tw/ecptwdoing
臉書：facebook.com.tw/ecptw
部落格：blog.yam.com/ecptw

局版北市業字第 993 號
初版一刷：2009 年 1 月
二版一刷：2011 年 3 月
三版一刷：2012 年 12 月
四版一刷：2017 年 6 月
定價：新台幣 300 元

ISBN 978-957-05-3079-7